貸し物屋お庸謎解き帖

桜と長持

平谷美樹

大和書房

目次

◆人物紹介◆

庸……「無い物はない」と評判の江戸で一、二を争う貸し物屋・湊屋両国出店店主。口は悪いが気風のよさと心根の優しさ、行動力で多くの味方を得、持ち前の機知でお客にまつわる難事や謎を見抜いて解決する美形の江戸娘。

幸太郎……庸の弟。両親の死後、数寄屋大工の名棟梁だった仁座右衛門の後見を得て大工の修業に励んでいる。

りょう……生まれず亡くなった庸の姉。童女姿の霊となって庸の実家に棲み、家神になるための修行をしている。

湊屋清五郎……浅草新鳥越町に店を構える貸し物屋・湊屋本店の若き主。「三倉」の苗字と帯刀を許されており、初代が将軍の御落胤であったという噂もある。

松之助……湊屋本店の手代。湊屋で十年以上働いており、両国出店に手伝いに来ることも多い。

半蔵……清五郎の手下。浪人風、四十絡みの男。

瑞雲……浅草藪之内の東方寺住職。物の怪を払う力を持つ。

熊野五郎左衛門……北町奉行所同心。三十路を過ぎた独り者。庸からは「熊五郎」と呼ばれている。

橘　喜左衛門……陸奥国神坂家江戸家老。

葛葉……中江屋の芸妓。

貸し物屋お庸謎解き帖　桜と長持

序

『お庸！』

耳元で幼女の鋭い声が叫んだ。

庸はすぐにこれは夢だと気づいた。

年に何度か見る悪夢。両親が押し込み強盗に殺され、自分も背中に大怪我をした夜の夢だ。

あの夜庸は、生まれることなく亡くなった姉、りょうの声で目覚めたのだった。

庸は、惨劇の夜と同様に飛び起きた。

暗闇の中、荒い息をしながら、首から下げた守り袋を握った。

浅草藪之内、東方寺の住職、生臭坊主の瑞雲からもらったものであった。

りょうの霊は今、家神となるために実家に留まっていて、外に出ることは叶わない。

だから、守り袋を通して交信出来るようにと、瑞雲が授けたのである。

しかし、握った守り袋にりょうの気配は感じられない。瑞雲によれば、姉は修行の途中であって、好き勝手に庸と繋がることは出来ないのだという。

庸は溜息をついて守り袋を寝間着の懐に落とし込む。

ふと障子に目をやると、微かな光の筋が見えた。雨戸の隙間から明けかけている外の光が滲んでいるのだった。

「いけねぇ」

庸は行灯をつけ、黄色に橙の格子の小袖と臙脂の裁付袴を身につける。そして、襟に赤で〈湊屋〉と縫い取った藍色の半纏を羽織った。鏡の前に座って髪の乱れを整え、島田の髷の真ん中に赤い縮緬を飾る。

「よしっ」

と気合いを入れて肯くと、行灯を消して階下に駆け下りた。

事情があって、貸し物屋湊屋の両国の出店（支店）は少しの間休みにしていた。今日は久しぶりの開店である。

貸し物屋とは現代でいうレンタルショップである。湊屋は「無い物はない」というのが宣伝文句の江戸でも一、二を争う大店で、どんな物でも貸してくれると評判であった。

単身者の多かった江戸には多数の貸し物屋があった。貸し物は衣類や寝具、家財道具まで、生活に必要なあらゆる物を貸し出して損料（借り賃）を取るので損料屋とも呼ばれた。

東の空は白っぽい朝の予感を湛えているが、天頂から西にかけては透明感のある濃藍色である。星もまだ輝いていた。

庸は、すでに店の前の掃除をしている隣の煙草屋（たばこや）の女房、峰（みね）に挨拶をして箒（ほうき）を動かす。

遠くで棒手振（ぼてふり）の声が聞こえ始めた。

桜と長持

一

元禄九年（一六九六）。

二年前に開店した両国吉川町の湊屋両国出店は、江戸市中に幾つかある出店の中でも〝いい噂〟と〝悪い噂〟で名が知られている。

店主を任されているのが庸という小娘で、すこぶる口が悪い――。

それを毛嫌いして二度と利用しない客も多かったが、「口は悪くても心根が真っ直ぐで面倒見がよく気持ちがいい」と、常連になる客も少なくなかった。

桜の満開があちこちから聞こえ始め、両国出店にも花見用の重箱やら毛氈、錫の徳利が附属した花見弁当の器を借りに来る客が増えた。

徳川吉宗が江戸各所に桜を植えて花見の名所が出来るのはまだ先の話であるが、江戸の人々は聞き耳を立て、美しい桜があると聞けば行って宴を開くのであった。

そんなある日、庸は矢ノ蔵の前でこちらの様子を窺っている男を見つけた。

顔見知りである。

日本橋通四丁目で同業の貸し物屋を営む長兵衛という男であった。湊屋の出店ではない。日本橋界隈の店やその奉公人相手の商売をしていた。屋号を戸塚屋といった。

「松之助。ちょいと、話を聞いて来てくれ」

庸は、奥から重箱を持って来た松之助に声をかける。

松之助は本店の手代である。ここしばらく松之助は本店から通い続けていて、実質、両国出店の奉公人のようになっていた。

「はい」

松之助は帳場の脇に重箱を置くと、外に駆け出した。矢ノ蔵の前で長兵衛としばらく話し込んでいたが、長兵衛を伴って戻って来た。

「込み入ったお話のようです」

松之助は長兵衛を招き入れながら言う。

長兵衛は頭を下げて土間に入って来た。

「奥のほうがいいかい？」

庸は訊く。

長兵衛がコックリと肯くので、庸は先に立って奥の座敷へ歩いた。

六畳の座敷に二人が座ると、すぐに松之助が茶を持って来た。

「同業のあんたに相談しに来るのも気が引けたんだが、物だけじゃなく力も知恵も貸すって評判だからよう。ちょいと話を聞いてもらおうと思って――」

湊屋では、貸し物が悪事に使われないように、借り主を調べることがある。そういう過程で、借り主に困り事があると分かると、庸はお節介を発揮する。なんとかそれを解決してやろうと奔走するのである。口の悪さの悪評を押しのけて、そのことが店の評判を上げているのであった。

「何があってぇ？」

「十日ほど前ぇに長持を借りに来た奴がいたんだ。それが昨日返しに来た。内にも外にも傷はなかったから、そのまま帰ぇしたんだが、後から蔵に戻そうとすると、なんだか湿気っぽい。借り主は、着物を整理するために借りてぇなんて言ってたんだが、そういう使い方なら湿気るはずはねぇ。こりゃあ、使い方を偽ったなと思って、確かめるために借り主んところへ出かけた。違約があれば金をふんだくってやろうと思ってな」

「ところが、行ってみると長持なんか借りたことはねぇと言われたかい」

庸は顎を撫でながら訊いた。

「ご明察――。在所も名前も嘘だった。これから先、どうしたらいいと思う？」

「貸し物が少し湿気てたくらいなら」松之助が言った。

「致し方無しと諦めるしかないでしょう」

「そう言うなよ。なんに使われたか分からねぇ物を次の借り主に貸すってのは気持ち悪いじゃねぇか」

「戸塚屋さんはお庸さんになにをして欲しいと仰るので？」

松之助は苛々と言う。

「だから、長持を借りたのが誰なのか、そしてなにに使ったのか謎解きをして欲しいと――」

「戸塚屋さん」松之助は険しい顔で言う。

「こっちにも商売があるんです」

「力を貸してくれるんなら、損料を払うよ」

「湊屋両国出店の本業は貸し物屋です。物を貸すのであって、力や知恵を貸すのは借り主が困っている時です」

「うむ……」

長兵衛は鼻に皺を寄せる。

「ご自分の店の問題は、ご自分で解決なさいませ」

「おい、松之助」庸は眉をひそめる。

「ちょいときつく言い過ぎじゃねぇか？」

「お庸さんには言われたくない言葉です」

松之助は心外だという口調で返した。

「まぁ、そりゃあそうだがよ。同業者が困ってるんだ。手を貸すのが筋だろう。そのうち、こっちが力を借りたい時もあらぁ」

「なんだかお庸さん、ずいぶん甘くなりましたね」

「そんなこたぁねぇよ。おいらはちょいと長持を見て来るから、店番を頼むぜ」

「お庸さん！」

松之助は、帳場から駆け出す庸を睨む。

「ありがてぇ」

長兵衛は庸を追って店を出た。

日本橋を南に渡り、賑やかな通りをしばらく進むと四丁目である。

戸塚屋は、化粧品問屋と呉服問屋の間に挟まれた店であった。近所の大店に比べれば目立たない建物であったが、庸の両国出店よりは数倍大きい。

長兵衛と共に現れた庸を見ると、使用人たちは怪訝な顔をした。同業である湊屋の出店の主であるから、皆、その顔は知っていたのである。

「長持の話、奉公人たちには知らせてねぇのかい？」

庸は通り土間から中庭へ進む長兵衛に訊く。

「余計な心配はさせたくねぇからな。一人二人にしか話していねぇ」

長兵衛は中庭の奥に建つ蔵に向かって歩く。蔵は二つ。一つの蔵の前に中年の男が立っていた。

男は二人の姿を見ると、蔵の鍵を開けて戸を開いた。

「一番番頭の志之介でございます」

「湊屋両国出店の庸だ」

「どうせろくな噂じゃねぇだろう」庸は苦笑する。

「お噂はかねがね」

「さぁ、長持を見せてくんな」

「こちらでございます」

志之介は先に立って蔵の中に入る。庸、長兵衛の順に続いた。

入り口すぐのところに長持が置いてあった。蓋（ふた）は外されて脇に立てかけてある。

長さは五尺八寸（約一・七四メートル）。幅は二尺五寸（約七五センチ）。高さも幅と同様である。ごく一般的な大きさの長持のようであった。外側は黒い漆（うるし）で塗られている。

「中に入（へ）えってもいいかい？」

「構わねぇよ」

と長兵衛。庸は草履（ぞうり）を脱ぎ、懐から手拭いを出し、足の土埃を払ってから長持の縁に手を置いて弾みをつけて中に入る。しゃがみ込んでみると、長持の中は確かに湿気があった。

四つん這いになって長持の側面を観察する。傷はない。

底を子細に調べる。四隅に小さな綿埃が溜まっている。

「番頭さん。楊枝（ようじ）が欲しいんだが」

庸が言う。

「はい。ただいますぐに」

志之介は蔵を駆け出す。

庸は立ち上がり、長持の縁を調べる。短い辺の中央部に硬い物を押しつけたようなへこみがあった。一尺（約三〇センチ）ほどの間隔を開けて二箇所。へこみの幅は一寸（約三センチ）ほどだろうか。

「このへこみは前からあったかい？」

「いや」長兵衛は首を振った。

「返されてから気づいた」

「ふん——」

庸は長持の中に立って腕組みをする。

志之介が黒文字の楊枝を持って来た。

「これでよろしゅうございますか？」

「充分だ。ありがとよ」

庸は楊枝を受け取ると懐紙を出して四隅の綿埃をほじくり出す。そして一つずつ懐紙に包み、矢立を出してどの隅から取ったものかを書き込んだ。

さらに底を子細に見ていくと、底と側面の板の隙間に髪の毛が挟まっているのを見つけた。それも懐紙に包んだ。

次に庸は長持を出て、外側を調べる。

黒漆の表面には長年使ったための細かい傷はあったが、新しく目立つものは見あたらない。

庸は蓋の内外を観察する。蓋の縁にも二箇所、へこみがあった。本体のものと同じ位置であったから、何かをかませた痕だろうと思った。

庸は腕組みをして考え込む。

なにかをかませたのなら、蓋と本体の間に隙間が出来る。中の湿気はそのせいか――？

なぜ隙間を開けた？

長持の中に人を入れた？

息が出来るように隙間を開けた？

庸の背筋に寒気が走る。

誰かを拐（かどわ）かし（誘拐）たのか？

いやいや――。人を長持に入れるのは、人目につかないようにさせるためだろう。

ならば、隙間を開けておけば、見た者は不審に思う。

もし、長持を人目につかない場所に置いたとすれば――？

人目につかない場所ならば、わざわざ長持を使う必要はない。縛って転がしておけばいい。

拐かしに長持を使ったのなら、これを返した時点でそれは決着がついている。身代金が支払われたか、交渉が決裂して人質が殺されたか――。あるいは、拐かされた人物が欲しがっていた人物の手に引き渡されたか。

しかし、そんなことをする者が、わざわざ貸し物屋から長持を借りるか？

古道具屋から安く買って、息継ぎの穴も錐（きり）か鑿（のみ）で開ければいい。使い終わったら野っ原にでも捨てれば――。

だが、見つかれば容易に足がつく。

貸し物屋から借りれば、長持はたくさんある貸し物の中に埋もれてしまう。

いやいや。ただ単に銭の問題かもしれない。

古道具屋から買うよりも、貸し物屋で借りたほうが安い。

だけど、湿気は？

長い間人を閉じ込めていたから息の湿気がこもったか？

もし人が閉じ込められていたとすれば、外に出ようと暴れるだろう。内側には引っ掻（か）き傷や叩いた痕が残っているはず。

それがないのは、縛られていたか、自ら望んで長持の中に入っていたか――。

「お庸さん――」

長兵衛が遠慮がちに声をかけた。

庸は思考を中断され、ムッとした顔をしたが、

「天眼鏡（てんがんきょう）はあるか？」

と長兵衛に訊いた。天眼鏡とは大きめの虫眼鏡である。

「ここをどこだと思ってるんでぇ。貸し物屋だぜ」

長兵衛は鼻で笑う。

「だったら、天眼鏡を用意して、そこの離れの縁側に文机（ふづくえ）を出してくれ」

庸が言うと、長兵衛は志之介に顎で指示した。

志之介は急いで蔵の隣に建つ離れの縁側に文机を出し、蔵の奥から天眼鏡を持って来た。

庸は縁側に上がり、文机の上に長持の中から採取した綿埃を入れた懐紙を開く。そして楊枝で綿埃をほぐしながら天眼鏡で子細に観察した。

細い繊維の中に、黒っぽい粒が幾つも交じっていた。中でも一番大きなものを楊枝で懐紙の端に引っ張り出し、先でつついた。

黒っぽい粒は砕けて細かい粉のようになった。懐紙に茶色い染みがついた。

「土だ――」

庸は眉をひそめて長持の底を思い出す。土を持ち込んだような痕や土足の痕跡はなかった。とすれば、この土はどうやって長持の中に入った？

考えながら別の懐紙を開き、楊枝で綿埃の中を探っていると、土のほかに白っぽいものを探り当てた。喩えれば切った爪のような、小さく細いものである。薄いなにかに縒（よ）りをかけたようなものに見えた。

庸は楊枝の先でそっと綻りを解く。

小指の爪より小さい丸い形になった。

それは、皺だらけの桜の花びらであった。

「こいつは新しいな――」

桜の花びらは、散って時が経てば茶色に変色する。しかし、庸が開いた花びらは、皺になったところは半透明になっているものの、あるかなしかの赤を感じさせる白。散って間がない花びらである。

花びらはその一枚だけだったが、土は四隅の綿埃すべてから見つかった。

何かの拍子に土が入った。それを掃いて取ったが、取りきれないものが残ったということか。しかし、長持は、土が入るような状況で使うものではない。

それに、楊枝で潰した土はわずかに湿っていた。だから懐紙に汚れがついた。

おそらく、今回借りられた時に入り込んだものだ。桜の花びらも同様である。

髪の毛については今回借りられた時に挟まったとは限らない――。

土や桜の花びらが入り込むような使い方とは――？

外で使ったか、あるいは土と花びらがついたなにかを中に入れたか――。

髪の毛はなにかのはずみで入ったとしても――。

長持の縁のへこみ。

入り込んだ土。

中の湿気——。

閃くものがあり、庸は顔を上げた。

長兵衛と志之介がこちらを見つめている。

長兵衛が訊く。

「謎が解けたか？」

「そんなにあっさり解けるもんかい——。借りに来たのはどんな奴だった？」

「若ぇ者が二人。身なりはよかったな。言葉遣いもしっかりしていた。大店の手代って感じだった」

「帳簿を見せてくれ」

「見てどうする。偽の在所と名前が書いてあるだけだぜ」

長兵衛は渋る。帳簿には長持を幾らで貸したかも書かれている。商売敵に手の内を見せたくないのだろうと庸は思った。

「どんな字を書くのか確かめてぇんだよ。もしかすると、本当にどこかの手代かもしれねぇ」

「余計なところを見るんじゃねぇぞ」

言って長兵衛は志之介に帳簿を持って来るように言った。

志之介はすぐに帳簿を持って来た。長兵衛は長持を借りに来た者が書いたところを開き、「ここ以外は見るな」と言って庸に渡した。

〈京橋北　鈴木町　薬種屋　山本屋（やまもとや）　手代　吉蔵（きちぞう）〉とあった。

丁寧な文字である。

「お前ぇさんは、山本屋に行ってみたんだな？」

庸は帳簿を長兵衛に返す。

「ああ」長兵衛は帳簿を志之介に渡す。

「吉蔵っていう手代もいないし、長持も借りていないって言われたよ」

「お前ぇさんが言った『大店の手代って感じだった』ってぇのはあながち間違いじゃねぇかもしれねぇな」

「大店の手代が、奉公先を偽って長持を借り、なんに使ったってんだ？」

「まだ考え中だよ」庸は文机の上の懐紙を畳んで懐に入れた。

「なにか分かったら知らせる」

縁側から降りた庸を、長兵衛が呼び止める。

「その……。あの長持は貸し物として使っても大丈夫か？」

「そういうことが心配かい」

庸は苦笑する。

「当たり前（め）ぇだろう。それを確かめたくてお前ぇに謎解きを頼んだんだ」

「拐かした奴を入れたとか死骸を運んだとかいうんじゃないと思うから、貸し物にしても大丈夫だ」

本当にそうか――。

庸は心の中で思う。

桜の木の下から掘り出した遺骸には、土も桜の花びらもついている――。

庸は小さく身震いする。

いやいや、それなら土と花びら以外にも痕跡があるはずだ――。

長兵衛はそんな庸に気づいた様子もなく、

「奉行所から調べが入ったりしねぇか？」

と訊く。

「そこまでは分からねぇよ。借りた奴がなにに使ったのかはっきりしてねぇんだから」

「じゃあ、もうしばらく蔵の中に寝かしとくよ」

長兵衛は舌打ちした。

「それが無難だろうな」

庸は肩をすくめて戸塚屋を出た。

二

春の雨が降っていた。前の雨の日よりも空気がこころもち生ぬるく感じられた。

こういう日は客足も鈍い。庸は帳場机に頬杖をついてぼんやりと外を見ていた。松之助はそろそろ梅雨の準備をしようと、納戸で貸し物の整理をしている。

軒から落ちる雨垂れと、外に降る雨の筋。霞む街の景色。雨音が眠気を誘った。

矢ノ蔵の前からこちらに向かって進んで来る傘が二つ見えた。

一つの傘の主はすぐに分かった。庸の五つ下の弟、神田大工町の実家に暮らす幸太郎である。大工の棟梁であった亡父の跡を継ぐために修業中であった。家業は父の下で働いていた宗七という大工が面倒を見てくれていた。

もう一つの傘は――、見習い大工の甚八である。気が優しくて人はいいのだが、いかんせん不器用なのでまだ見習いのままであった。

幸太郎と甚八は軒先で傘を閉じ、水を切ると外壁に立てかけて土間に入った。

「お庸姉ちゃん、久しぶり」

幸太郎はすっかり陽に焼けた顔をほころばせる。

「お久しぶりでござんす」

甚八は嬉しそうに言うと、深く頭を下げた。

「大工殺すにゃ刃物はいらぬ――、ってことにならなきゃいいね」

「三日は続かねぇだろう」

幸太郎は板敷に座った。甚八も「失礼いたしやす」と言って幸太郎の隣に腰掛ける。

「せっかく仕事が休みなんだから、おいらの顔なんか見に来ずに、どこかへ遊びに行けばいいのに。少し、小遣いをやろうか？」

「銭なら持ってるよ」幸太郎は苦笑いして手を振った。

「おりょう姉ちゃんがさ」

「おりょう姉ちゃんが、おいらのところへ行けって言ったのか？」

庸は眉をひそめる。

幸太郎も、家にいて家神（イエガミ）になるために修行を続けるりょうの姿を見ることが出来た。

しかし、りょうが語る隠世（かくりよ）（あの世）の言葉までは理解出来なかった。

「いや。おりょう姉ちゃんの姿はしばらく見てない。昨夜、突然そう思ってさ。そしたら急にお庸姉ちゃんの顔が見たくなった。それで、両国出店に行って来るって言ったら、甚八がそれならおれもって」

「へへっ。ついて来やした」

甚八は頭を掻く。

「遠くから見たら、なんだか浮かない顔をしてたね」

幸太郎は心配げに庸を見る。

「雨を見て、雨音を聞いてたら眠くなっただけだよ――。まぁ、考え事はしてたがね」

「なんだい。また変な借り主が来たかい？」

「いや。日本橋通の戸塚屋からの相談さ」

庸は子細を語った。

「ふーん。身元を偽って長持を借りた大店の手代か」

「まぁ、大店の手代と決まったわけじゃないけどね」

「なにが分かりゃあ、解決の手掛かりになるんだい？」

「そうだなぁ。ここ十日ほどでなにか事が起こった大店が分かればいいかな」

「戸塚屋からあまり離れていない場所だね」

「それから――」甚八が言った。

「長持を運んでいる手代風の男たちを見たって人を探すのはどうです？」

「長持を運ぶ手代はたいして珍しいものでもないから、覚えてる奴は少ねぇだろう」

庸は首を振る。

「少ないだけで、いない訳じゃないでしょう。ならば、やってみる価値はありまさぁ」

「そりゃあそうだけど……」

「ちょうど雨が降っておれたちは暇だ。ちょいと当たってみるよ」

その時、奥から松之助が盆を持って現れた。

「お久しぶりです、幸太郎さん、甚八さん」

松之助は盆の上の茶碗を二人の前に置いた。

「お邪魔してます。急に姉ちゃんの顔が見たくなって来てみたら、役に立てそうな話をされました」

「世の中、都合のいい偶然っていうのは滅多にあるものじゃございません」松之助が言う。

「もしかするとおりょうさんが仕掛けたのかもしれませんね」

「うん。そうかもしれねぇ」幸太郎は肯いて茶を啜る。

「お庸姉ちゃん。もう少し手掛かりはねぇか？」

「そうだねぇ。長持の大きさ、そして息が出来るように蓋を少し開けておいたってことを考えれば、中に入れたのはたぶん、人じゃないかと思うんだ。長持に入れてどこかへ連れて行ったとか――」

「拐かしかい？」

「いや。そういうのとは違う気がするんだ……。上手く言えないけど」

「それじゃあ、家族か使用人が突然いなくなったって話を聞き込んでくればいいか？」

「うん――。だけど、お前ぇ、せっかくの休みなんだぜ」

　庸は困ったように眉根を寄せた。

「やることがなくてここに来たんだ。やることが出来てありがてぇくれぇだよ。さぁ甚八、行こうぜ。お前ぇは長持を担いだ手代の話を聞き込め。おれは事があった大店を探る」

「がってんでぇ」

甚八は飛び上がるように立って外に出た。

幸太郎と甚八は傘を差して走って行った。

「あっ、お昼代くらいは渡しておきましょうかね」

松之助は板敷を降り外に出て、傘を開き二人を追った。

庸は雨の中を走る三人を見つめながら微笑んだ。

おそらく松之助が言った通り、りょうが幸太郎を動かしたのだろうと庸は思った。

きっとりょうは家神になるための修行が忙しく姿を見せることは出来ないのだろうが、こうやって自分を心配し、手助けをしてくれる——。

「ありがたいなぁ」

庸は呟いた。

少しして、松之助が帰って来た。

「幸太郎さんは意地っ張りでございますねぇ。『そんなのはいらねぇやい』と受け取らないので、甚八さんに預けて来ました。ほんに姉弟揃って——」

松之助は戯けた顔をして口元を押さえ、後を濁した。そして幸太郎と甚八の使った茶碗を台所へ運ぶ。

戻って来た松之助は、

「幸太郎さんたちを追い掛けながら思ったんですけど、色んな事に首を突っ込むんなら、誰かに手伝ってもらわなきゃ。お庸さんはここの店主なんですからね」

「うん……」

庸は俯いて肯く。

「弟さんのほうがずいぶん分別があります」松之助は、へこんでいる様子の庸を見て、ちょっと気の毒そうに付け加えた。

「このくらい言われて、言い返さないのはお庸さんらしくありませんよ」

「やかましいやい」庸は威勢のよさを取り戻すように強く言った。

「店主なんだからとか、言い返さないのはおいらしくないとか、勝手なんだよ」

「まぁ、そのくらいの口答えがちょうどいいです」

松之助は笑って奥へ入った。

三

夕刻、幸太郎と甚八が帰って来た。だいぶ駆け回ったらしく膝から下が泥だらけだったので、松之助が二つの盥（たらい）に水を張って持って来た。

板敷に腰掛けて足を洗いながら、幸太郎は、

「犬も歩けば棒に当たるだな」

と言った。

「なにか分かったんだな？」

「戸塚屋の件に繋がるかどうかは分からねぇが、神隠しがあったって話を聞き込んだ」

「神隠しか――」

「大伝馬町の白粉屋の稲村屋だ。そこの娘の鶴ってぇのがいなくなった」

「稲村屋っていやぁ、結構な大店だね」

「白粉を使わない姉ちゃんでも知ってるかい」

幸太郎はクスクス笑う。釣られて甚八も笑った。庸は帳場から出て、二人の月代をひっぱたいた。

「余計なこと言ってないで、本題を進めな」

膨れっ面で帳場に戻った庸が言う。

「稲村屋じゃ、神隠しだって言ってるらしいんだが、耳にした奴らは拐かしだって噂してる」

「そう考えるほうが筋が通ってるね」

「稲村屋が奉行所に届けて八丁堀が動いてるから、噂はあまり広がってねぇ」

「よく聞き出せたね」

「大工仲間の伝手を使ってさ。近所で普請してる奴がいたんだよ」

「それで?」

庸は先を促す。

「熊五郎に当たった」

熊五郎とは、北町奉行所同心、熊野五郎左衛門のことである。

三十路を過ぎてまだ独り身。神田の辺りが縄張りで、庸の父母を殺した下手人の捕縛や、貸し物屋を始めてから関わった厄介事の解決に手を貸してくれた。しかし、なにかにつけて謝礼を求める男である。

「お前ぇ、なに馬鹿なことしてんだよ！」

庸は腰を浮かした。

「大丈夫だよ」幸太郎は顔の前で手を振った。

「お庸姉ちゃんの用件はバレないように上手く訊いたから」

「どう訊いたんだい？」

庸は恐い顔で幸太郎を見る。

「大工仲間から小耳に挟んだんだけど、稲村屋で神隠しがあったって？　ってさ」

「熊五郎はなんて言った？」

「お前ぇ、どこで聞いた？　って詰め寄られた。『だから大工仲間から聞いたって言ったろう』って返した。そしたら『拐かしかもしれねぇんだ。このことは誰にも言うな』って言われた。おれは『だったらどんなことが起きたのか教えてくれよ』って言った。『教えられるわけねぇだろう』って突っぱねられた。だから『雨で仕事が休みで暇を持て余してるんだよ。このままじゃ、あっちこっちで言いふらすかもしれねぇぜ』って食い下がった」

「手前ぇ、しょっぴくぞって怒鳴られたろ」

「大当たり」幸太郎は笑って手を叩く。

「こっちは、しょっぴくんならしょっぴいてみやがれ！　って居直った。辺りを歩いている奴らが驚いてこっちを見た。小僧が八丁堀にたてついてるってんで、物見高い奴らが集まって来た。そこでおれは、小声で『稲村屋のことを叫んでいいのかい』と言ってニヤリと笑って見せた」

「熊五郎はどうした？」

「こっちへ来いっておれを茶店に引っ張った」

「危ねぇことをするなぁ」庸は溜息をつく。

「本当にしょっぴかれたらどうするつもりだったんだい」

「しょっぴかれるこたぁねぇよ。そんなことをしたら、お庸姉ちゃんにどんな嫌がらせをされるか分かったもんじゃねぇ」

「おいらは嫌がらせなんかしねぇぜ！」

「しねぇことは分かってるよ。熊五郎はそう考えただろうって話さ」

「それで、熊五郎はどこまで話した？」

「うん。鶴の姿が見えなくなったのは五日前だってさ。家を出たところを見た奴は誰もいねぇ。そして、今まで身代金の要求はねぇ」

「拐かしじゃねぇってことか」

「熊五郎は、鶴が自分から家を出たんじゃないかってふんでる」

「家出をしたってのか？」

「鶴には縁談があった。同じ大伝馬町の呉服屋の息子だ。白粉屋と呉服屋が手を結んで、お互いに客を紹介しあって商売を広げようっていう算段さ。で、鶴はそれを嫌がっていた」

「なるほどね――」

「親は鶴の反発に手を焼いたが、縁談をなかったことにはしなかった。鶴を部屋に押し込めて見張りをつけた。だけど、鶴は忽然と消えてしまった」

「面白ぇな」

庸は思わずそう言った。

「おれもそう言ったら、熊五郎は『お庸には絶対に言うなよ』と恐い顔をしたぜ」

「似たもの姉弟でございますね」

松之助が茶を持って現れた。

「おきやがれ」

庸は唇を歪めた。

「鶴の近くには、気心の知れた奉公人をつけたが、出入り口には主の言うことをよく聞く者を置いた。鶴が消える何日か前、裏口の近くに不審な男がいたというので騒ぎになった。消えたその日にも不審な男が出たというので騒ぎになった。それから半刻（はんとき）（一時間）ほど経って、部屋に詰めていた女中が手水（ちょうず）（便所）に立ったほんの少しの間に鶴は消えた。手代に見られた不審な男が拐かしたのかと疑う者もいたけど、鶴が消えた時には怪しい男を追っかけていた見張りも戻っていた。だから、それはねぇだろうって熊五郎は言ってた。親子の不仲で家出したんだろうから、適当にあしらって、後は捨て置くつもりのようだったよ」

「なるほど。もしかすると、その不審な男っていうのは、鶴の〝いい男（ひと）〟かもしれないね」

「駆け落ちしたっていうのかい？」

「大店の娘は幼い頃から、大きくなったらほかの大店に嫁に入ると言われて育つ。大抵の場合、親の言う通り嫁に行く。おいらの幼馴染みたちの多くがそうだ。けれど、親の言うことを頑なに拒む場合がある」

「ああ。いい男が出来ちまった時か」

「気心の知れた奉公人ならそれを知っていたろう」

「だから、鶴を助けて家を抜け出させたって？　だけど、外側は親父やお袋の手の者が守ってるんだぜ」

「うん……。長持に入れて連れ出したんなら、家の者に見られてるだろうしな」

「熊五郎の前で長持の話がここまで出かかったが」幸太郎は自分の喉を差す。

「危うく思いとどまったよ。とりあえず今日聞き込めた話はそれだけだ。熊五郎からは『誰にも言うんじゃねぇぜ』って口止めされた」

「長持の話でござんすが、幾つか話を聞き込みやした――」甚八が言う。

「途切れ途切れでござんすが、まず日本橋を渡って室町に入り、本小田原町のゴチャゴチャした小路を進んでおりやす」

「室町なら長持を担いだ奴らは頻繁に通るでしょうが――」松之助が言った。

「本小田原町に入ったのはまずかったですね」

「へい。多分、人目につかねぇようにって狭い通りを選んだんでしょうが、長持を担いだ奴なんかは、婚礼の時くれぇしか通らねぇもんだから、かえって目立っておりやして、伊勢町から堀を渡るところまでは結構見た奴が多（おお）ございやした。担ぎ手の手代風の連中も、頻繁に『どこの婚礼だい？』って訊かれるもんで慌てていたようで。けれど、小舟町の辺りから長持を見た話はプッツリと――。申しわけありやせん」

　甚八は頭を掻いた。

「いや、でかしたぜ甚八」庸は何度も肯きながら微笑んだ。

「小舟町まで進んだことが分かりゃあ充分よ。大伝馬町は間に堀留町を挟んですぐ向こうっ側（かわ）だ」

「でも、鶴の行方知れずと長持はどう関わるんです？」

　松之助が言う。

「鶴を長持に入れて連れ出したんじゃござんせんか？」

甚八が言う。

「いやいや」松之助が首を振る。

「出入り口を見張られてりゃあ、長持を持ち込めませんよ。なにか理由をつけて持ち込んで、鶴さんを忍ばせて連れ出したとしても、後から必ず疑われます。すぐに後を追われて連れ戻され、奉行所に届けるまでもなく一件落着」

「どういう細工があったかは、行ってみねぇと分からねぇな」

庸は顎を撫でた。

「行ってみるって、稲村屋へですか？」

松之助が目を見張った。

「女が白粉を買っても不思議はあるめぇ」

庸は言ったが、幸太郎と松之助が同時に「絶対おかしい」と言った。

庸は立ち上がり、二人の月代を叩く。

「この格好で行きゃしねぇよ。おいらはそこいらの町娘より陽に焼けてるから、稲村屋は喜んで相手にしてくれるだろうよ」

「お庸姉さん。行くんなら、少し化粧（けわい）してお行きよ」

幸太郎が月代を撫でながら言う。

「なんでだよぉ」

庸が膨れっ面で訊く。

「そのまんまの顔で行ったら、日頃から化粧なんかしねぇのがまる分かりだ。少し化粧をして、あちこちの白粉を試したが、地黒を隠せねぇとかなんとか言わねぇと疑われちまうぜ」

「分かったよ」庸は乱暴に言う。

「分かったから、もう帰ぇれ」

「へいへい」

幸太郎と甚八は苦笑いして立ち上がり、外に出る。藍色の空に幾つかの星が輝いていた。蛙の声が賑やかである。

「雨、上がってるぜ」

幸太郎は壁に立てかけた傘を取る。

「ほんとだ。明日は仕事でござんすね」

甚八が言う。

「幸太郎、甚八」

庸は帳場から声をかける。

二人は庸を振り返った。

「せっかくの休みを潰してすまなかったな。でも、助かったよ」

庸が言うと、二人は嬉しそうな笑顔になった。

「いや。楽しかったぜ。こっちこそありがとうよ」

幸太郎は手を振り、甚八はお辞儀をして去って行った。

四

昨日の雨にぬかるんだ道を、塗りの下駄が跳ねを上げぬようソロリソロリと進む。青空を切り取った水溜まりに、菖蒲（あやめ）の裾模様が逆さに映る。

小綺麗に着飾った庸であった。幸太郎に言われたように化粧をしている。

後ろを歩くのは長兵衛である。親子、あるいは祖父と孫娘に見えなくもない。

松之助に『馬子にも衣装』と言われて膨れた庸であったが、両親が健在の頃は棟梁の娘としてこういういでたちで暮らしていたから、着こなしは完璧であった。

庸と長兵衛は稲村屋の暖簾（のれん）をくぐる。数人の客が板敷に腰掛けて、品定めをしていた。番頭や手代が忙（せわ）しげに商品の出し入れをしている。店の中には甘い白粉の香りが漂っている。

手代が「いらっしゃいませ」と言って近づいて来たが、ギョッとした顔をする。

長兵衛は、その手代が長持を借りに来た男の一人であると気づいたが、なに食わぬ顔で、

「地黒を隠せる白粉はあるか？」

と訊いた。

庸は、「お父っつぁん」と言いながら、頬を膨らませ、かわいい仕草で長兵衛を袖で叩く。

「でしたら、これなどはいかがでしょう」

手代は、長兵衛が自分を覚えていないようだと思ったらしく、気を取り直して商品の説明をする。

庸が熱心な様子を装ってその説明を聞いている間、長兵衛は退屈そうな顔をして店の中を見回す。長持を借りに来たもう一人が、こちらに顔を背けるようにして接客していた。

「早く決めないか。次の用があるんだ」

長兵衛は、長持の借り主を確認した時の符牒を口にした。

「それじゃあ、これを頂きましょうか」

庸は薦められた数種類の白粉の中から一つ選び、手代に差し出す。

「かしこまりました。少々お待ちくださいませ」

手代は一旦奥に引っ込んだ。

「今の男と、二人向こうの客を相手にしている男だ」

長兵衛は庸の側に立って小声で言う。

庸が肯いた時、綺麗な紙に包んだ品物を持って手代が戻って来た。

「長持の件で話がある。八丁堀の熊野は知り合いだから、逃げたら酷ぇことになるぜ」

庸は包みを受け取りながら早口で言った。

手代は目を見開き、口をわななかせる。

その時であった。

庸の肩をぐいっと摑む者がいた。

「誰かと思ったらお庸じゃねぇか」

庸はさっと振り向いた。

噂をすればなんとやら。同心の熊野が立っていた。

「幸太郎から話を聞きやがったな――」

「あら。これは熊野さま、お久しぶりでございます」

庸は言うと、さっと熊野に顔を近づけて、

「話を合わせなきゃ、おっきな声で拐かしの件を叫ぶぜ」

と威す。

熊野はしかめっ面をして肯いた。

「稲村屋さんの中庭の桜が見事だって聞いて、この手代さんに案内してもらおうと思ってたんでございますよ。旦那も一緒にいかがでございます?」

「お、おう。そりゃあいいな」

熊野は言った。

手代は青ざめた顔で、

「それではこちらに……」

と、板敷を降りて通り土間に進んだ。

「お前ぇ、なんで中庭に桜があるって知ってるんだ？」

熊野が小声で訊いた。

「当てずっぽうだよ」

長持の中に花びらがあったと言うわけにはいかなかったから、庸はそう答えた。

手代、庸、熊野。その後ろを恐る恐るといったふうに長兵衛が進む。

小さな池と築山、ちょっとした植栽のある中庭の奥に桜の木があった。盛りをわずかに過ぎて、微風が吹くと花びらが散った。その先に二棟の蔵があった。

「この親爺は誰でぇ」

熊野は長兵衛を振り返る。

「こういう格好で探りをいれるには、父親役が必要だったんだよ。同業の長兵衛さ」

「貸し物屋かい――。半蔵とかいう奴に頼みゃあよかったじゃねぇか」

半蔵は湊屋の主、清五郎の手下であった。浪人者で、黒い袴に小袖、焦げ茶の袖無しという服装をしていて、いかにも武芸の達人という風体であった。

「ウチの貸し物の厄介事じゃねぇから、本店に迷惑かけるわけにゃあいかねえだろう」

「お前ぇんとこの厄介事じゃねぇんだから、首を突っ込むなよ」

熊野は立ち止まった。

「なに言ってんだい。謎が解けなくて苦労してるんだろ」

庸も立ち止まって熊野に向き合う。

「そりゃあそうだが――。お前ぇに解けるってのか？」

「解けるか解けねぇか分からねぇけど、確かめに来たんだよ」

「ふん。桜は口実だな。中庭になにがある？」

「それを今から確かめるんだよ」

庸は不安そうな顔をして突っ立っている手代に顔を向けた。

「名は？」

「吉蔵でございます」

手代は答えた。

戸塚屋の帳簿には本名を書いたかい――。と危うく口に出しそうになって、庸は堪(こら)えた。

「吉蔵。鶴さんの部屋はどこだい？」

庸は聞いた。

「そこでございます」

吉蔵は母屋の外れを指差した。

庸は縁側に歩み寄り、桜の木との間隔を見る。三間（約五・四メートル）ほど離れていた。

母屋を回り込む。塀の近くに差し渡し二間（約三・六メートル）ほどの丸い穴があって、落ち葉が溜められ二尺（約六〇センチ）ほど盛り上がっていた。

その隣にも同様の穴があるようだったが、そちらは山にはなっておらず、地面と同じ高さである。

「堆肥を作ってるのかい」

「近くに畑がございまして、そっちで堆肥を作るために落ち葉を溜めているのでございます」

「去年の落ち葉かい？」

「はい。隣の穴の落ち葉は少し前に畑に運びましたが、全部は運びきれず残っております」

「なるほど――」

おおよそのことは分かった。

この状況に、戸塚屋から借りた長持というものが加わって、謎が解ける。

ということは、熊野はまだ藪の中を彷徨っている状態だろう。

ここで熊野にこちらの推当（推理）を話してやるか――。

いや。まずは、なぜこんなことをやらかしたかを確かめなきゃならない。

ちらりと吉蔵を見ると、いつ長持の件をバラされるかと気が気ではない様子で、緊張した顔をこちらに向けている。

「何か分かったのか？」

熊野が期待に満ちた口調で訊く。

「まったく」

庸は肩をすくめた。

「なんでぇ」熊野は大きく舌打ちした。

「偉そうなことを言っておきながら」

荒々しい足取りで通り土間へ向かう。

庸は吉蔵の側に寄り、

「店を閉めたら、もう一人の手代と一緒に湊屋両国出店へ来な。もし逃げたら、全部熊野に話しちまうからな」

「はい……」

「お前ぇたちがやったことを許せるかどうかは分からねぇが、まぁ一番穏便にすむようにしてやるから。自暴自棄にはなるんじゃねぇぞ」

「分かりました……」

吉蔵は項垂（うなだ）れた。

庸は吉蔵の肩を叩き、長兵衛に、

「これの代金を払ってやれよ」

と、白粉の包みを見せる。

「自分で払うんじゃないのか？」

「当たり前ぇだろう。力を貸した損料だよ。お前ぇさんも、夕刻に両国出店に来な。謎解きをしてやるから」

「分かった……」

長兵衛は財布を出して吉蔵に代金を払う。

庸は小走りに通り土間へ向かった。

五

夕方、先に来たのは長兵衛だった。板敷に上がり、帳場の庸の横に座って煙管(きせる)を吹かす。

「長持は鶴を家出させるために使われたのかい？」

長兵衛の吐き出す煙が行灯の明かりの中で揺らめく。

「まぁ、そんなところだな」

庸は答える。

松之助が土間に床几（しょうぎ）を置いた。

「鶴さんって人、よっぽど親が選んだ呉服屋の息子が嫌だったんですね」

「あるいは、想い人がいたか」

庸は帳場机に頬杖をつく。

「想い人？」

長兵衛が片眉を上げる。

「ただ嫌いってだけなら、これほど大がかりで人騒がせなことは考えめぇよ。奉公人まで巻き込んでさ。よっぽど惚れた相手がいるんだろうぜ。それも両想いの――」

そこに吉蔵ともう一人の手代が現れた。

怖（お）ず怖ずと土間に入って来て、深く頭を下げた。

「先ほどお会いしました吉蔵でございます」

「手代の新助（しんすけ）でございます」

もう一人の手代が言った。

「鶴さんが恋仲だった相手は誰だい？」

庸が訊くと、二人の手代は驚いたように頭を上げて、互いの顔を見合った。

「なぜそのことをご存じで？」

吉蔵が訊いた。

「推当さ――。さぁ、恋仲の相手を話してもらおうか」

「ウチに魚を売りに来る棒手振の三次郎さんという男でございます」

新助が言った。

「よっぽど好き合っているんだろうな」

「そりゃあもう――」

新助の言葉に、庸は松之助と長兵衛を見て「だろ」と得意げな顔をした。

「三次郎って男、親兄弟は？」

「昨年、一緒に暮らしていたお父っつぁんが亡くなってからは天涯孤独でございます」

「なるほど。しがらみはねぇからどこへ行こうと構わねぇわけだ」庸は肯いた。

「さて、お前ぇたちは、鶴の駆け落ちを手伝うために長持を借りた」

「はい、左様で」

二人同時に肯く。

「戸塚屋さんから長持を借りたわたしたちは、店に戻りました――」

吉蔵が話し始める。

❖

吉蔵と新助は稲村屋の裏口近くに長持を置いた。新助が慌てふためいた様子を装い、裏口の見張りに駆け寄った。

「怪しい男がいました。鶴さんを訪ねて来たのかもしれません」

新助の言葉に、男たちは路地に駆け出した。

見張りがいなくなったその隙に、長持を運び込んだ。

落ち葉の山が一つ。その隣にもう一つ穴があったのだが——。見た目は落ち葉が散った地面である。

数日前に穴の落ち葉を畑に運び、空っぽになった穴の上に戸板を被せ、落ち葉を散らしていたのだった。

滅多に人は来ない場所だが、たまたま見張りの者が来るかもしれない。見た者に『ここには落ち葉の山が一つあった』と記憶させるためである。

吉蔵と新助は戸板を外して穴を露わにし、そこに長持を収めた。

店の者が落ち葉の溜め場を不審に思わないかどうかを確かめるため、数日様子を見た。

そして、決行の日——。

店の用事で外に出ていた新助は、辺りに人がいないのを確かめると、裏口に走る。

「怪しい男がいました！」

中庭と裏口の見張りをしていた者たちが駆け出して、

「今度は捕まえてやる！」

「どっちへ行った？」

と口々に怒鳴り、新助が指差すほうへ駆けた。

新助は鶴の部屋に走る。

鶴とお付きの女中がはっと新助を見上げた。

新助は肯き、座敷に用意していた布団を抱えて外に出る。鶴は風呂敷包みを抱えてその後を追う。

女中が小声で「お気をつけて」と言った。

落ち葉の溜め場には、長持の蓋を開けて吉蔵が待っていた。

新助は長持の中に布団を敷く。

鶴はその上に座る。

「しばらくのご辛抱です」

吉蔵と新助は長持の中の鶴を見つめて言った。

ハラリ、ハラリと桜の花びらが散り、長持の中に落ちた。

鶴は長持の底から桜を見上げ、少し寂しげな顔をした。もう二度と見ることのないであろう桜を、これからの新しい暮らしへの期待と共に見上げているのだろうと吉蔵は思った。

「迷惑をかけます」

鶴は頭を下げる。

「お気になさらずに」

言いながら、長持の縁に二箇所、木片をかませて蓋を閉めた。

急いで戸板を載せて落ち葉をかける。

そしてなに食わぬ顔で店に戻った。

鶴を呼ぶ大きな声が奥から聞こえたのは半刻ほど後であった。

鶴がいなくなったということで、店は大騒ぎになった。見張りの者たちも店に集まり、家の中の大捜索となった。

吉蔵と新助はすぐに外に出て、戸板を外し、長持の蓋を開けた。

手っ甲脚半の旅装束に着替えた鶴が二人を見上げる。

吉蔵と新助の手を借りて長持を出た鶴は、

「この御恩は一生忘れません」

と頭を下げた。

「さぁ、早く行かないと。家の中にいないと分かれば、すぐに外を探し始めます。なにより三次郎さんが首を長くして待ってますよ」

「はい」

鶴は微笑んで頭を下げ、小走りに裏木戸を出た。

吉蔵と新助は間を空けて店に戻る。

広間で主と番頭たちがああでもないこうでもないと、対策を話し合っている。

これからどうするかが定まるまでまだ間がありそうだと見た吉蔵と新助は、そっと中庭に戻って、誰かに見られるのではないかと怯えながら長持を外に運び出した。

駆け落ちの計略に手を貸した女中と手代たちが交替で中庭に出て、戸板を片付ける。空っぽになった穴に庭に残っていた落ち葉を集めて入れたり、隣の山から少し移す。

穴の落ち葉はすぐに一杯になって、地面と同じ高さになった。隣の落ち葉の山は少し低くなったが、おそらく誰も気づかないだろう――。女中と手代たちは肯き合って、それぞれの持ち場へ戻った。

「これが顛末でございます」

吉蔵は口を閉じた。

「駆け落ちに協力したのは何人だい？」

庸は訊いた。

「番頭さんたち以外、ほぼ全員でございます」

「鶴と三次郎はどこへ行った？」

「それは口が裂けても申し上げられません」

吉蔵が言い、新助が強く肯いた。

「ってことは、知っているんだな」

庸は笑う。

吉蔵と新助は『しまった』という顔をする。

「お前ぇたちは口が堅かろうが、手代、女中の中には口の軽い奴もいるだろう。いや、口が堅くても、八丁堀にきつく責められたら白状する奴もいるんじゃないかい」

「それは……」

二人は俯いた。

「おいらは、戸塚屋長兵衛に、長持がなにに使われたのか調べて欲しいって頼まれたんだ。これですべてがつまびらかになった」庸は言葉を切って長兵衛を見る。

「おいらの仕事はこれで終わりだ。さぁ、長兵衛さん、どう落着させる？」

「おれに下駄を預けるんじゃねぇよ……」

長兵衛は苦い顔をして煙管に煙草を詰める。

「じゃあ、おいらが始末をつけてもいいのかい？」

「おれは、長持が厄介なことに使われて疵（きず）がつくことを心配してたんだ。そういう顛末だったら、湿気が取れりゃあまた貸せるから、稲村屋のゴタゴタがどうなろうと関係ねぇよ」

「だとよ」

庸は吉蔵、新助に顔を向ける。

二人は硬い表情である。

「おいらは犬に食われて死ぬのは好かねぇ。だからこれ以上、首を突っ込むつもりはねぇ。熊五郎も鶴を追っかける気はねぇようだ」

「では――」

吉蔵と新助の顔が輝く。

「だけどよう。お前ぇたちは鶴のことだけ考えているようだが、娘が行方知れずになった親の気持ちってのもあるんだぜ」

二人の手代は再び俯いた。

「娘の幸せより、家の繁栄を選んだ親も親だけどよ。親を捨てて男と家を飛び出した娘も娘。まぁ、おあいこってところかな」

「まぁそうだろうな」

長兵衛は口をすぼめて煙を吹き出す。

「お前ぇたち、いい奉公人だったらよ、鶴には親不孝を説き、両親には娘の幸福を説き、和解させる道を探ったらどうだい。両者が幸福になる方法なんか、こんな小娘が考えても幾通りもあらぁ」

「左様でございますね……」吉蔵は肯いた。

「今の今まで、鶴お嬢さまのことしか見えておりませんでした」

「店には主の腰巾着みてぇな奴もいるだろうから、釣り合いはとれてるんだろう――。じゃあ、これで落着ってことでいいかい？」

「熊野の旦那のほうは、本当に大丈夫ですか？」

松之助が口を挟んだ。

「熊五郎も、こっちの動きを注目してるだろうさ。何事もないような顔してりゃあ、一件落着だったと分かるだろうよ。ほじくり返して面倒なことにするような馬鹿じゃねぇ。それに、この二人が戸塚屋から長持を借りたことが知れなきゃ、真相には辿り着かねぇよ」

「おれはわざわざ言わねぇよ。面倒はごめんだからな」

長兵衛は煙管に息を通し、煙管入れに仕舞う。

「それじゃあ、もう帰ってくんな。ウチも店仕舞いしなけりゃならねぇ」

庸が言うと、吉蔵、新助は床几を立って深々と一礼し、店を出て行った。

「世話になったな」長兵衛は煙草入れを腰に差して立ち上がる。

「これからはお前ぇさんに力を借りなくてもいいように用心するぜ」

「ああ。それがいい」

長兵衛は土間に降りると庸を振り返り、

「損料を後から請求されるってことはねぇだろうな。あの白粉でいいんだったな?」

と念を押すように言う。

「ああ。構わねぇよ」

庸は松之助を気にして、追い払うように手を動かした。

松之助は案の定、長兵衛がいなくなると、

「白粉を損料でもらったんですか？」

と訊いてきた。

「稲村屋の調べのために、お嬢さんに扮して買い物をしたんだ。長兵衛は使わねぇから、おいらがもらっただけさ」

庸は松之助を睨む。

「左様でございますか」

松之助は笑いを堪えながら店仕舞いをした。

翌朝。一番に暖簾をくぐったのは、稲村屋の吉蔵だった。微笑みながら、紙包みを差し出す。

「一味からでございます」

鶴の駆け落ちに手を貸した者たちからということだろうと庸は思った。

帳場を出て包みを受け取る。手触りは〝貝〟のようであった。庸は中身に見当をつけ、ニッコリと微笑む。

「ありがたく頂いておくぜ――。だけど、気を遣うのはこれでしまいにしてくれ。物を借りに来るのは大歓迎だけどな」

「承知しております。それでは――」

吉蔵は深く腰を折り、帰って行った。

「上手く仲をとりもってくれるといいですね」

松之助は吉蔵の後ろ姿を見送りながら言った。

「まぁ、大丈夫だろうぜ」庸はソワソワと腰を浮かす。

「ちょいと帳場を頼むぜ」

「はい」

松之助は言って帳場に座り、奥へ入る庸の後ろ姿を見送りながらクスッと笑った。

庸は階段を上って自分の部屋に小走りで入る。そして紙包みを開いた。

出てきたのは白い蛤（はまぐり）の貝殻である。

思った通りの品であった。

庸は鏡の蓋を外す。そして損料の白粉を塗り、今もらった蛤を開けた、
中には鮮やかな紅（べに）（口紅）が詰められていた。当時、紅は陶磁器の小皿や蛤の殻に入れて売られていた。

中の紅を薬指で取った。そっと唇に引いてみる。

恥ずかしくなってぽっと頬が上気する。

鮮やかな紅と頬の赤みが、鏡の中の庸の顔を明るく引き立てた。

遠眼鏡の向こう

一

晩春である。汗ばむように暑い日もあれば、肌寒い日もあった。

まだ暗いうちに起き出した庸（よう）は、台所で手早く竈（かまど）に火を熾（おこ）し、釜（かま）に水桶（みずおけ）から水を注ぎ、火鉢に移すための炭を火の中に入れる。常に湯を沸かしておいて、茶や白湯（さゆ）を出すための用意である。

庸は貸し物を置いた板敷を通り、土間に降りて、蔀戸（しとみど）を上げた。

未明の景色の中、矢ノ蔵（やのくら）の漆喰（しっくい）壁が青みを帯びて見えた。

開け放った戸口から流れ込むわずかな明かりに、土間から板敷にかけて積み上げられた鍋や釜、笊（ざる）、食器から、煙草盆（たばこぼん）などの生活雑貨の貸し物がぼんやりと照らし出された。

外に出て、どこからか飛んで来た落ち葉やゴミを掃く。

軒に吊るされた大きな木製の看板には太文字で〈湊屋（みなとや）　出店（でだな）〉と記されている。そしてその脇に一段下げて小さく〈よろず貸し物　無い物はない〉とあった。

隣の煙草屋（たばこや）の女房、峰（みね）も出て来て落ち葉掃きを始めた。

「お庸ちゃんおはよう。早くカーッと暑くなって欲しいね」

「おいらは寒い冬が好きだな」

「そりゃあ、若いからだよ」峰は苦笑する。

「年を取ると、冬は嫌だよ。肌はかっさかさになるしさ。爪の脇は割れてくるしさ」

「そんなもんかい」

庸は肩をすくめる。

店の前を掃き終え、土間に並べた貸し物にはたきをかけていると、空の朝焼けが矢ノ蔵の白壁を染めた。

店の正面は浜町堀まで真っ直ぐに続く横山町の通りで、そこはまだ薄暗がりとなっている。朝早い棒手振（ぼてふり）が魚や惣菜を入れた樽を天秤棒で担いで行き交い、売り声が響き始めた。

庸は、その道を、こちらに向かって歩いて来る人影に気づいてドキリとした。

本当に薄ぼんやりとした影なのだが、その背丈、体つき、歩き方で誰なのか分かった。

湊屋本店（ほんだな）の若い主（あるじ）、清五郎（せいごろう）である。庸の雇い主であった。

どうしよう――。

声をかけるにはまだ遠い。けれど、気がついてしまった――。

今までならば、無邪気に走って行ってぺこりと頭を下げ、『おはようございます』と挨拶したろうが、庸は躊躇（ちゅうちょ）した。

つい最近、清五郎に惚れている自分自身に気づいてしまったからだ。

けれど、今までと違う様子を見せれば、清五郎はすぐにこちらの心境に変化があったことを見抜いてしまうだろう。

庸ははたきを板敷に置いて駆け出そうとした。

しかし――。

清五郎に気づいてからはたきを置くまでの間が、いつもよりも長い。もはや清五郎になにかあると勘づかれてしまったかもしれない――。

だが、ここでもたもたしていると、清五郎は開口一番『なにかあったかい?』と訊くに決まっている。自分はきっとドギマギしてなにも答えられず、清五郎はその原因を推当して、『庸はおれに惚れているようだ』と気づいてしまうだろう――。

庸の顔は真っ赤になった。

そして店を飛び出し、こちらに歩いて来る清五郎の元へ走った。

勢いよく走って来る庸を見て、清五郎は足を止める。

近づくにつれて、清五郎の姿がはっきりと見えた。庸の鼓動は高鳴る。

黒っぽい縞の着物の上に、利休鼠の膝丈の羽織をまとい、大刀を差し落としている。癖のある髪を後頭部で無造作に束ね、前髪が左目を被うくらいに垂れていた。痩せ形で長身、鼻筋の通った色白の顔で、目は切れ長。薄い唇が、冷たそうな印象である。

町人であるが刀を帯びているのは、名字帯刀を許されているからであった。初代の頃からであり、名字は〈三倉〉といった。由来は、初代の頃、三つの蔵を持っていたからだというが、将軍家の家紋〈三葉葵〉の〈三〉に掛けているのだという者もいて、それが湊屋は将軍の御落胤(ごらくいん)の血筋だという噂の元になっている。

庸は清五郎から一間(いっけん)ほど間を空けて立ち止まり、深く頭を下げた。

「おはようございます！」

自分より年上の者や客にまでぞんざいな言葉遣いをする庸である。だが、清五郎に対しては丁寧な言葉で話す。少し前まではその理由を『雇い主だから』と思っていたが、実は清五郎に惚れていたからだとやっと気づいた庸であった。

「おう。掃除に精を出したかい。頬が真っ赤だぜ」

清五郎の言葉に、庸は頭を上げられなくなった。頬が赤いのは掃除のせいではない。

「外で話をするのもなんだ。店に邪魔するぜ」

清五郎はすっと庸の横を抜けて店に歩き出す。

「お茶の用意を――」

庸は清五郎を追い越して、店に入って台所に飛び込む。

ゆっくりと店に入って来た清五郎は、刀を置いて板敷に座る。

「客じゃねぇんだ。気を遣うな」

庸は台所へ行って沸いている鉄瓶の湯で茶を淹れて戻って来た。

板敷に茶托に載せた茶碗を置くと、清五郎は「すまねぇな」と言って啜った。

「昨日、橘(たちばな) 喜左衛門(きざえもん)が来た」

庸は清五郎が口にしたその名を聞いて眉をひそめた。

橘喜左衛門は陸奥国神坂家（むつのくにこうさか）二万石の江戸家老である。

少し前に『力を貸してくれ』ということで美濃国大岡（みののくにおおおか）家の江戸下屋敷に出かけたことがあった。その折に一度顔を合わせたが、感じの悪い男という印象が残っている。

「はい」と言って、庸は続きを促す。

「大岡さまのところでの、お前の働きを聞いて感心したと仰せられた。それで、それほど頭の回る娘であるのなら、神坂家江戸屋敷で女中として借り受けたいっていう用件だった」

「女中でございますか……」

庸は小首を傾げる。

「大岡家にも女中として奉公したのだからってな」

「でも、あれは――」

大岡家での仕事は、大人たちでは手に負えない若君を窘（たしな）めるために〈力を貸す〉ということで請け負った。

女中として家に入るという形を取ったが、それはあくまでも力を貸すための方便であって、本当に女中として雇われたわけではない。

「分かってるよ。だから、『大岡さまのところへ女中として入ったのは、事情があってのこと。ウチは貸し物屋だから、女中が欲しいのなら口入屋（くちいれや）（人材斡旋業者）を当たってくれ』と断った」

　清五郎は言葉を切って、板敷に座る庸に顔を向ける。

　庸はドキッとして目を逸らしたくなったが、胸を高鳴らせながら視線を合わせる。

「次は直接ここへ来るかもしれねぇ。どうする？」

「どうするって——」

「受けるか？　断るか？」

「本店で断った仕事ならば、出店が受けるわけにはまいりません。それに——」

　庸は眉間に皺を寄せた。

「なぜ先にこっちに来ずに、本店へ行ったのかが引っ掛かります」

「うむ」清五郎は嬉しそうに微笑む。

「それについては、『雇い主に話を通したほうが話が早いと思った』と仰せられた」

「大岡さまの件は、こちらに直接話しにいらっしゃいました。その話を聞いているなら、断られるとは考えますまい。なんだかちぐはぐでございます」

「だから？」

　清五郎は面白そうに訊く。

「だから、もし橘さまがわたしを女中として雇いたいというお話を持っていらしたら、まず、その理由を伺います。本店では話せなかった事情がおありになって、それが湊屋両国出店として放っておけないものであれば、清五郎さまにご相談した上で、どちらにするか決めます」

「それでいい」

清五郎は腰を上げげた。刀を取って腰に差し落とす。

庸は清五郎を見上げながら思った。

神坂家が庸を女中として雇いたいという件だけならば、誰か使いに言付ければいい。

けれど、わざわざこんな刻限に清五郎自身が訪れるということは、なにか重要な意味
がありそうだ――。

「いずれ分かることだが」清五郎は庸を見下ろしながら言う。

「神坂家からの用件には用心しろ」

「それは――」庸はじっと清五郎の目を見つめる。

「今は詳しいことは言えぬ。詮索はするなということでございますか?」

「そうだ。お前が知らぬ間に事がすんでしまうかもしれぬ。あるいは、こじれてしま
うやもしれぬ。こういうことを言われれば、裏を探りたくてウズウズするであろうが、
なんにしろ、語るべき時には語ってやるから、しばらくは我慢しろ」

「はい。分かりました。仰せの通りにいたします」

庸は頭を下げた。

清五郎は小さく肯(うなず)いて店を出て行った。

庸は顔を上げる。通りを去って行く清五郎の後ろ姿を見ながら、視線を絡ませてし

まったことの恥ずかしさが涌き上がってきた。引いたはずの頬の血の気が再び戻ってきて、庸は強く頬を擦（こす）った。

二

清五郎が帰って小半刻（こはんとき）（約三〇分）ほど経った頃、その日最初の客が訪れた。

仕立てのいい紺色の着物を着て、女物の花柄の絹の布を首巻きにした、三十絡みの男である。印伝（いんでん）の合切袋（がっさいぶくろ）をぶら下げていた。金持ちの家の者らしいが、不摂生をしているのか顔は青白く幾分むくんで、目はどんよりとしている。

男は入って来るなり、

「遠眼鏡（とおめがね）を借りたい」

と言った。

遠眼鏡とは望遠鏡のことである。

日本に渡来した記録は慶長十八年（一六一三）、イギリスの王から徳川家康に献上されたものが最も古い。

「遠眼鏡をなにに使うんだい？」

庸は帳場に座ったまま訊いた。

「そりゃあ、借り主の勝手だろう」

男はムッとした顔になる。

「そうはいかねぇんだよ。変な使い方をされて、大事な貸し物を壊されたんじゃたまらねぇ。それに、なにか不届きなことに使われたんじゃあ迷惑だ」

「お前ぇ口が悪いな」

男は庸を睨みつけた。

「湊屋両国出店の娘主は口が悪いって評判を知らねぇで来たのかい」

「湊屋には無い物はねぇって評判だから、無駄足にならねぇと思ったんだ」

男は渋い顔をする。

「無駄足にはならないね。遠眼鏡はあるよ。ウチにあるんだから別の出店にも、本店にもある。どうする？　そっちに回っても構わねぇよ」

庸は腕組みをして顎を反らした。

「面倒くせぇ」男はぼそっと言った。

「変なことにゃあ使わないよ。鳥を見るんだ」

「鳥？」

「鳥を見るのが好きなんだよ」

「冬なら木の葉が落ちて鳥も見やすかろうが、今は葉が邪魔で見えめぇよ」

「だから遠眼鏡を使うんだよ。遠くからは葉が邪魔で見えなくても、遠眼鏡を使やぁ葉の隙間から見えらぁ」

男の言い分は一応筋が通っていた。

「どのくらいの間を空けてお使いになりますか？　遠眼鏡にも、長いの短いの、色々とございます」

男の後ろから、ひょいと松之助が顔を出した。

突然声をかけられて驚いた様子の男はすぐに気を取り直し、

「そうさな。一丁（約一一〇メートル）先が見られりゃいいかな」

と答えた。

松之助は男の肩越しに庸に顔を向けて、

「納戸にあります。取って参ります」

と言い、土間から奥へ向かった。

男は板敷に座り、火鉢に手をかざす。

「どんな鳥が来るんだい？」

庸は訊く。

「なに？」

男は首を捻って庸のほうに顔を向ける。

一瞬、その目に暗く重いものが見えた気がして、庸は口ごもる。

「今の季節はどんな鳥がいるんだって訊いてる」

「知るかよ。こっちは学者じゃねぇんだ。見て綺麗だなって思うのは、体が瑠璃色の奴だ」

　男は前に顔を戻してぶっきらぼうに答える。

「そりゃあカワセミってんだ」

「へぇそうかい」

「漢字では〝翡翠〟って書くんだぜ」

「なかなか物知りじゃねぇか」

「お前ぇ、本当に鳥好きなのか？」

「鳥を見るのが好きなんであって、名前なんかどうでもいいんだよ。なにか疑ってるのか？」

　男はもう一度庸を振り返る。

「お前ぇが本当に鳥好きかどうか確かめてぇんだよ」

「冬場は葉っぱがなくて見放題。だが、晩春から秋にかけては諦めてた。だけど、遠眼鏡を使やぁって思いついたんだよ――。で、貸すのか、貸さないのか？」

「貸してやるよ」庸は帳場机から筆を取る。

「名前と在所を書きな」

「名前は吉助。住まいは室町二丁目、呉服屋の京屋だ」

　男――、吉助はそう言いながら帳簿に書きつけた。

「旦那って年じゃないから、若旦那かい」

「番頭かもしれねぇじゃねぇか」

「番頭が鳥を見るなんて道楽をするかよ」

庸が言うと、吉助は舌打ちをした。

松之助が奥から細長い木箱を持って出て来た。

「高価なものでございますから、身元の確認がてらわたしがお店までお持ちします」

松之助は庸の横に座り、風呂敷に木箱を包む。

「そいつは困る……」吉助は顔を歪めてこめかみを掻く。

「お父っつぁんに道楽を知られたくねぇ」

「ならば、ご近所さんにでも確かめましょう。お店の近くでご近所さんと立ち話をしてくださいませ。その後、お店に入っていただきます。わたしはその方に『もうし。あの今のお方は京屋さんの若旦那さんでございますか？』と訊ねます」

「相手が、京屋の若旦那に何の用だと訊いたら？」

「深川の料理屋の者でございますが、今のうちにご贔屓になってもらおうと思いまして——、とでも申します」

「なるほど」

吉助は納得した様子だった。

「その後、わたしは裏口に回ります。そこで遠眼鏡をお渡しいたしましょう」

「分かった。それで頼む——。で、損料は幾らだ？」

「一日銀五分」

銀五分はおよそ六百円強である。

「分かった」

吉助は合切袋から財布を出して、一分銀を一掴み出し、板敷に並べた。

「とりあえず十日分だ」

松之助が一分銀を一枚ずつ取り上げて数を確認し、「確かに」と、帳場机に置く。

「それじゃあ行こうぜ」

吉助は腰を上げた。

松之助は木箱の風呂敷包みを抱え、土間に降りて庸に目礼した。

庸は眉根を寄せて、店を出て行く二人を見送った。

なんだか、吉助という男、嫌な感じがする。

人柄が気に入らないというのではない。遠眼鏡を借りる理由がどうもしっくりこないのである。

吉助の話は筋が通っていないわけではないが、遠眼鏡はなにか別の目的で使うのではなかろうか。

人には言えない理由なので、鳥を見るということにして、借りに来たのではないかという疑いが消えない。

鳥を見るのが好きなのだから名前は関係ないというのも解せない。

確証があるわけではない。けれど吉助から滲み出る雰囲気が、庸の勘をチクチクと刺激するのだった。

一刻（いっとき）（約二時間）ほど経って、松之助が戻って来た。

「確かに京屋の若旦那でした」松之助は土間に入りながら報告した。

「ちょっと聞き込みをしてみましたが、鳥を見るのが好きだって話は誰も知りませんでした」

「京屋の奉公人にも訊いてみたかい？」

庸は身を乗り出す。

「はい。お使いに出た手代を摑まえて、鳥屋だと名乗り、『若旦那は鳥好きと聞いて来たんだが本当か？』と訊ねました。けれど、手代は驚いた顔をして『初耳だ』と」

「ふーん」庸は腕組みする。

「たとえば、押し込み（強盗）の見張りなんかに遠眼鏡を使うってことだとしたら、面白くないね」

「どうします？　わたしが見張ってみましょうか？　それとも、お庸さんが見張ります？」

松之助はニヤニヤ笑った。

「酔狂で見張るんじゃないぜ」庸は頬を膨らませた。

「湊屋の名前に疵（きず）がつかないようにって用心だ」

「分かってますよ。で、どっちにします？」

「おいらが行って来る」

庸は立ち上がって外に飛び出した。

三

庸は京屋の裏口が見渡せる路地に身を隠した。遠眼鏡の包みを持って出かけるなら、大勢の人目のある表より、裏口を選ぶだろうという読みであった。

昼を少し過ぎた頃、裏口の木戸が開いて、二十代中頃の男が顔を覗かせた。左右の様子を窺い、一旦首を引っ込める。そして、吉助と共に路地に出て来た。吉助は細長い風呂敷包みを抱えている。

庸は二人の後を追った。

吉助と若い男は急ぐふうでもなく北の方向へ歩く。半刻（約一時間）ほどで、上野の不忍池に着いた。

二人は岸辺の葦（あし）の中に入り込む。

庸は柳の木の陰に隠れてその様子を観察した。

吉助は風呂敷から遠眼鏡を出して、目に当て、周囲を眺める。

供の男はなにか言いながら、北の方角を指差した。

吉助は遠眼鏡を離してその方向を確認し、再び目に当てた。

そしてそのまま じっと動かずに遠眼鏡を覗き続ける。

庸は人通りを気にしながら時々柳の木を離れ、池の畔をそぞろ歩くふうを装いながら、二人から目を離さない。

庸は、吉助は鳥を見ているのではないと感じた。

遠眼鏡が向いた方向には何本かの木があったが、葉が茂っているばかりで鳥の姿は見えない。そして、鳥ならばあちこちの枝に飛び移りそうなものだが、吉助が構えた遠眼鏡は一点を向いて微動だにしない。

どうも吉助が見ているのは、その先にある建物のようだった。

遠眼鏡の先にある家は二軒。一方は低い生け垣のある民家である。

もう一方は岸辺まで降りられるように石垣を組んだ、料理屋のような建物であった。

庭の向こう側に縁側と、開け放たれた障子の奥の座敷が見えた。

座敷の中に動く人影が見えたが、庸の目では人相風体までは分からなかった。

吉助はあの座敷の中を覗いているのだ――。

人影が手前に出て、すっと障子が閉まった。

同時に、吉助は遠眼鏡を目から離し、木箱に仕舞って風呂敷で包んだ。

そして、葦を掻き分けて道に出る。

庸は柳の陰に隠れる。

吉助は怒ったような顔をして、足早に来た道を帰って行く。供の男は慌てて後を追う。

庸は、吉助たちが道の角の向こうに見えなくなると、柳の陰を出る。

吉助が遠眼鏡で見ていた家を確認しなければ――。

庸は、近くの家から何軒目が目的の建物かを確認し、池の北側に向かって歩いた。

料理屋や茶屋が建ち並んでいる。寺が多くあるから線香や蠟燭を扱う店も目立った。

庸は指差して数を数えながら進む。そして、目的の店の前に辿り着いた。

黒い板塀の木戸に〈もとや〉と染め抜かれた藍染めの暖簾が掛かっていて、奥まで見通せなかった。

おそらく料理屋なのだろうと庸は思った。

さてどうしたものか――。

池の畔の座敷にどんな客がいるのかなど調べようもない。

吉助がどういう目的で覗いていたのかも分からないから、客に用心するように伝えてくれと店の者に頼むわけにもいかない。

仕方がないから〈もとや〉がどういう店なのかを確かめて、戻ろう――。

庸は道を引き返す。

前方からこの辺りの店の奉公人らしい、前掛け姿の中年女が歩いて来た。

「もうし」

と庸は声をかける。

女は立ち止まった。

「あの――。知り合いが、そこの〈もとや〉っていうお店に入ったのを見たんでございますが、あそこはどんなお店なのでしょう？」

庸が問うと、女は眉をひそめる。

「知り合いってのは男かい？」

「あ、ええ、はい」

庸は予想しない問いに、口ごもりながら答えた。

「あんたのいい男（ひと）かい？」

「いえ……、違います」

「そうかい」女はホッとしたように言う。

「それならよかった。あそこは出合茶屋（であいぢゃや）さ」

「出合茶屋……」

庸の顔が真っ赤になる。

出合茶屋とは、男女が密会に利用する茶屋――、現代でいうところのラブホテルである。

「その男が所帯持ちなら、おかみさんには内緒にしといてやりなよ」

女はケラケラと笑いながら去って行った。出合茶屋なら、あの座敷にいたのは男と女。吉助はその女に横恋慕をしてるということか――。

色恋沙汰はよく分からない――。

そう思った瞬間に、清五郎の顔が浮かんだ。

引いていた顔の赤みが戻った。

店に戻って松之助に子細を語って相談すれば、『お庸さんには分からないでしょうが――』と、得々として色恋に関する講釈を垂れるに決まっている。

それよりは――。

そう。それよりは浅草新鳥越町二丁目の湊屋本店に出向き、清五郎に話を聞いてもらうのがいい――。

思いついた途端、胸がときめきだした。

清五郎の色恋に対する考えも聞ける。

聞いたからどうということはないだろうが、清五郎に会えるだけでいい――。

いやいや――。

庸は首を振る。

これは、あくまでも仕事。湊屋の暖簾に疵を付けないためにどうするのが一番かを教授してもらうのだ――。

庸は走り出した。

新鳥越町は、千住大橋の少し南。山谷堀にかかる三谷橋から北側へ続く細長い町である。

湊屋本店の街道に面した母屋は、豪壮な瓦葺きであった。店の軒からぶら下がった大きな木製の看板には〈湊屋　本店〉と太文字で書かれ、小さく〈よろず貸し物　無い物はない〉とあった。出店と同じ文言だが、看板の大きさは三倍、四倍である。

初代の頃、土蔵と納屋に貸し物がいっぱいに詰まっているので、近隣の者たちが『無い物はねぇんじゃないか』と言い出したことが、看板文句の始まりであった。

庸と、手伝いの松之助で回す両国出店とは違い、使用人は三十人を超える。貸し物屋にしては大きすぎる店であったが、大名や旗本、江戸中の大店から冠婚葬祭時と大きな宴席に大量の注文があり、かなりの儲けがあった。

大金を積めば公には出来ない物も貸してくれるとか、初代が公方さまの御落胤だったので御公儀から金が回ってくるという怪しい噂も囁かれている。

庸は裏木戸から入り、小さな番小屋の前に床几を出して煙管を吹かしている老人、三治に声をかけた。

「旦那は奥の離れだ」

三治は煙を吐いた。

庸は礼を言って、母屋の後ろに出た。

広い裏庭には、茅葺き田舎家風の離れが二棟。土蔵が四つ。納屋が三つ建っていた。

それらは延々と続く板塀に囲まれている。

庸は、二つ並んだ茅葺き屋根の奥のほうへ歩いた。

「庸でございます」

腰高障子の前で中に声をかける。

「入りな」

清五郎の声が聞こえた。

庸の心の臓がドキリと一つ、大きく打った。

「失礼いたします」

障子を開けて広い土間に入り、板敷の囲炉裏端に座る清五郎に頭を下げた。子持ち縞の着物を着て銀の延煙管を吹かしている。その後ろに黒い着物と裁付袴の、清五郎の手下である半蔵が控えていた。

半蔵は、総髪を髷に結った四十絡みの男であった。いつも通りの黒っぽい服装で、目つきは鋭く、両頬に深い一筋の皺が刻まれている。座った脇に長脇差が置かれていた。

「面倒が起こったか？」

清五郎は囲炉裏に煙草の灰を落とす。

「まだ起こってはおりませんが、これから起こるやもしれないので先手を打ちたいと思い、ご相談に参りました」

「こっちへ来て話してみな」

清五郎は手招きする。

庸は板敷に上がり、囲炉裏を挟んで向き合う。

「殿方は、好きな女が自分とは別の男と出合茶屋に行くと知った時、どのように動くものでしょうか？」

庸はドキドキしながら訊いた。

「その好きな女ってのはお前ぇのことかい？」

清五郎はニヤリと問う。

「まさか！」

庸は大声で言って、突き出した両手を振った。

「そんなら、ちゃんと前置きをして話しな」

「失礼いたしました……。今日、ウチに遠眼鏡を借りに来た男がおりました——」

庸は、これまでの子細を語った。

「——なるほど。その吉助って男、諦めが悪い奴のようだな。だが、覗き見だけじゃあこっちがちょっかいを出す理由としては弱ぇな」

「覗き見だけですむならばようございますが、諦めが悪い奴なら、刃傷沙汰になることも……」

「諦めの悪い奴は誰でも刃物を持ち出すわけじゃないが、やりそうな奴かい？」

「なんとなく――」

「それも弱ぇな」

清五郎は銀延煙管を背中に差し込んで痒いところを掻く。

「男女の色恋沙汰に口を挟みたくはございません」庸は言った。

「本当ならばうっちゃっておきたいところでございます。けれど、万が一刃傷沙汰になって、ウチの遠眼鏡が見張りに使われたなんて噂が立てば面白くございません」

「確かにな――。で、お前ぇはどうしたい？」

「はい。女の身元を知りとうございます。女と話ができれば吉助との関係も分かります。それが分かればどのように話を締めるか見当もつきましょう」

「どうやって知る？」

「〈もとや〉っていう出合茶屋にいた人影は遠くて人相までは分かりませんでした。出入り口に張り込んだとしても、出て来る客のどれが、あの座敷にいた者たちかは分かりません。ですからその場を離れました。だから、次に吉助が動く時を好機と考えます。こちらも遠眼鏡を用意し、女の顔を確かめます」

「それで、茶屋を出て来たところを摑まえて話をするかい？」

清五郎は言う。口元の笑みが悪戯っぽく見えた。これは試されているなと庸は思った。

「いいえ。後を尾行て、家を確かめます。茶屋を出て来たところで声をかけ、逃げられたならそれで終わり。けれど、家を確かめておけば、しつこく話をしに行けます」

「うん。そうだな」清五郎は満足そうに肯く。

「お前が吉助を見張るのか？　その間、両国出店は松之助に任せるかい？」

「はい――。万が一のことを考えれば、そうするのが一番かと考えました。吉助の様子を見れば、万が一より、千が一――、もしかすると百が一と言うほうがいいかもしれません」

「百が一か――。だったらこうするのはどうだい。ちょうど今、半蔵は手隙だ。半蔵に吉助を見張らせて、女の住まいを確かめさせる」

「いいのですか？」

庸は半蔵を見た。

「まぁ、暇だからな」

半蔵は肩をすくめた。

「女の家が分かれば、後はわたしが動きます」庸は清五郎と半蔵に頭を下げた。

「よろしくお願いいたします」

庸は立ち上がって土間に降りる。

ちょっとだけ『少しゆっくりしていけ』という清五郎の言葉を期待したが、なにも言ってくれなかった。

　気落ちしながら、庸は戸口で一礼すると外へ出た。

四

　庸が新鳥越町の湊屋本店を訪ねて五日が経った。

　清五郎が本店裏の離れで帳簿の整理をしていると、「半蔵です」と声がして、腰高障子が開いた。

　半蔵はあの日からずっと室町二丁目の京屋を張り込み、吉助の動きを追っていたのだった。

「女が見つかったかい？」

　清五郎は帳簿を閉じ、文机を脇にどかした。

「まぁ、見つかったは見つかったんですがね――」

　と半蔵は複雑な表情をしながら炉端で清五郎と向き合う。

「吉助は、家で雇っている小者の仙二に命じて、女の動きを探らせておりやした」

「女が動けば、仙二が吉助に知らせるって仕組みだな」

「はい。吉助はその知らせを受けて女の出先へ向かい、遠眼鏡が必要な時にはつれを使い、必要のない時には物陰に隠れ、向かいが料理屋ならば座敷を借りて、女を見張っておりました」

「目的は？」

「どうも、嫉妬に胸を焦がすのが好きだとしか思えません」

半蔵は首を振る。

「色んな奴がいるからな」清五郎は肩をすくめる。

「お庸の読み、あながち外れとも言えないかもしれんな。嫉妬の辛さを胸に溜め込めるだけ溜め込んで、一気に吐き出す。いずれその女を襲うなり殺すなりするかもしれねぇな――。で、どんな女だ？」

「はい」と、半蔵はまた複雑な表情をする。

「女は日によって別々の男と出合茶屋に出入りしております。春を売る者のようで。日本橋の葭町、湯島天神門前町とかの茶屋にも」

「ああ――」清五郎は大きく肯いた。

「だからお前ぇは変な顔をしていたのかい。葭町や湯島天神門前町っていやぁ――」

「そういうことで――。どういたしましょう？」

「庸にどう話すかってか？」

「はい」

「そのことは喋らなくていいさ。これも世間を知るための学びだ。庸が女の後を尾行られそうな機会があったら、知らせてやれ」

「お庸さんが自分で知るように仕向けるので？」

「あらかじめ教えておけば予断が入る」

「なんだか親のような配慮ですな」

「親だったら、近づけさせねぇよ」

清五郎は笑う。

「分かりました。そのようにいたしましょう」

半蔵は言って離れを出て行った。

それから二日ほど経った日の昼。

「邪魔をするぞ」

と半蔵が湊屋両国出店の土間に入って来た。

帳場に座っていた庸は腰を浮かす。

「女の家が分かったかい？」

「いや」半蔵は土間に突っ立ったまま言う。

「女は今、屋形船に乗っている。一刻（約二時間）は動かんだろうから、知らせに来た」

「なるほど。舟が船宿に戻って、女が出て来たところを追えばいいんだな。ありがとうよ」

　庸は土間に降りる。

　半蔵と庸のやりとりが聞こえたのだろう、奥の座敷で貸し物の整理をしていた松之助が板敷に顔を出した。

「店のほうはお任せください」

　松之助は帳場に座った。

「頼むぜ」庸は松之助に言い、半蔵に顔を向けて、

「案内してくれ」

　と言うと、外に飛び出した。

「船宿は分かっている。小網町だ」

　庸を追いながら半蔵が言った。

　小網町は、日本橋川が伊勢町堀に流れ込む辺り、東側の町である。出店から十三丁(約一・四キロ)余りであった。

「すぐそこじゃないか」

　庸は速度を上げて走る。

「一刻は動かないと言うたろう。急がなくともよい」

　半蔵は並んで走った。

往来する人々は、娘と黒衣の男が道を走り抜けるのを珍しそうに眺めた。

「気が変わって戻って来たらどうするんだよ。間に合わないより待ったほうがいい。船宿の名は？」

「富士見屋」

二人は通塩町を駆け抜けて浜町堀を渡り、通油町、通旅籠町を走って、大伝馬町二丁目を過ぎた辻で左に曲がる。六十軒川の畔を息を切らせて走り、思案橋の北詰で足を止めた。

〈船宿　富士見屋〉の看板が見えたからである。宿の裏手、日本橋川に幾つかの桟橋が見え、十艘あまりの屋形船、小舟が舫（もや）われていた。屋形船には船頭が乗っていて、掃除や、夕刻からの仕事の準備をしていた。

「船は？」

庸は息を整えながら桟橋を見渡した。

「まだだ。女を乗せた舟の船頭は見あたらない」

「吉助も近くに潜んでるかね」

「いや。大川の向こう側からこっち岸に浮かぶ舟を遠眼鏡で眺めていた。こっち側からだと葦が邪魔で覗けないと思ったのだろうな」

「仙二が知らせ、吉助は川向こうに回り込んだか――」

庸は、土手上の葦原（あしはら）の中にしゃがみ込み、半蔵はその横に片膝をついた。

庸は桟橋を見張りながら、あの夏の夜を思い出していた。

清五郎と、葛葉（くずは）という名の芸者が屋形船に乗り込んだ夜である。庸は大川端の葦原の中から、屋形船を見張っていたのだった。

嫉妬の炎に炙られた夜だった。

しかし、屋形船から下りて来た葛葉に見つかり、

『あたしはもう、清五郎さんに会うことはないよ。安心しな』

と言われ、大きく安堵したのだった。

己の、清五郎に対する想いに気づいた夜でもあった。

半蔵も、あの夜のことを思い出していた。

半蔵もまた、葦原の中にいた。庸が心配で様子を見ていたのである。

あの夜にあったこと、そして庸の心の動きをすぐ側で見ていたのだった。嬉しそうに家に帰る庸の後ろ姿を――。

半蔵はチラリと庸の横顔を見た。

庸もまたあの夜のことを思い出しているのだろうか――。

それとも、もっともっと先を思い、あの夜のことなど忘れてしまったのだろうか――。

子供もいないのに、親にでもなったような気分で庸の横顔から目を逸らした。

半刻（約一時間）ほど経って、一艘の屋形船が戻って来た。

艪を漕ぐ船頭を見て、半蔵は「あれだ」と言った。

庸の唇がきゅっと引き締まる。

桟橋に着いた屋形船から、まず深編笠(ふかあみがさ)を被った身なりのいい侍が出て来た。船宿に入り、少しして外に出て、スタスタと思案橋を渡って行った。

「念のために追ってみる。女のほうを頼む」

半蔵は言うなり葦原を飛び出した。

庸は急に心細くなったが、丹田に力を入れて、女が出て来るのを待った。

屋形船の中から腰を屈めて女が出て来た。

縞の着物を婀娜(あだ)っぽく着た女である。髪を高く栄螺巻(さざえまき)にしているので、ずいぶん背が高く見えた。

女は土手の階段を上って道に出ると、堀江町のほうへ回り込み、六十間川に架かる親父橋を渡った。堀江六軒町——、通称葭町の通りを進む。

庸は少し間を空けて、その後を追う。

女は小路に入り、長屋の木戸をくぐった。棟割りの長屋が二棟、溝板の渡された路地を挟んで並んでいる。

木戸の脇から、女がどの部屋に入るのかを確認する。

右側の棟の入り口から二つ目。木戸に打ち付けられた名札には〈あやたろう〉とあった。

「亭主持ちかい……」

庸は呟く。

屋形船から先に下りた侍。そして少し経って現れた女――。あの様子から、春を鬻ぐ（売春を生業とする）女であることは確かだ。

とすれば、〈あやたろう〉は女に稼がせてのうのうと遊び暮らす情夫ってことか。

庸は長屋を離れる。

とすると――。

吉助はあの女の客だったか。

だったら、なんで見張ったりするのだろう――。

金を出せばいつでも会えるし、金を積めば妾にすることだって出来るはずだ。

それが出来ないというのは――。

女に袖にされたか？

だとすれば――。

恋い焦がれる思いが裏返しになって、強い憎しみに変わってしまうかもしれない。

いや、もうすでにそういう状態になっているかもしれない。

「ならば、どうする？」

庸は唇を嚙んだ。

京屋の旦那に、『あんたの息子が、かくかくしかじか――』と知らせて、吉助を戒めてもらおうか。

いや。確証があるわけじゃないから、相手にされないだろう。

誰かに威(おど)してもらうのはどうだ？

清五郎に頼むか？

『確かな証を見つけるまで手は貸せないな』

と言われそうだ。

けれど、もたもたしていたら、吉助があの女のところに乗り込んで来るかもしれない。

では、半蔵に頼むのはどうだ？

清五郎と同じ事を言うに決まっている――。

誰か、強面(こわもて)で相手を震え上がらせるような奴はいないか――。

庸はハッと顔を上げた。そして実家のある大工町のほうへ向かって走り出す。

強面で相手を震え上がらせるような奴が一人いた――。

庸はその人物を探し、路地から路地へと走り回る。しかし、なかなか見つからない。

「ちくしょう。熊五郎(くまごろう)の奴、肝心な時にはいやしない……」

熊五郎とは、北町奉行所同心、熊野五郎左衛門(くまのごろうざえもん)のことである。

庸は熊野の狡(こす)っ辛い性格が大嫌いであったけれど、背に腹は代えられない。

多町一丁目にさしかかった時、黒紋付きに黄八丈、ひょろりと背が高くなで肩で、風采の上がらない男が前から歩いて来るのが見えた。熊野である。

虎吉という中年の岡っ引きと、康造という若い下っ引きも一緒である。

「おい。熊五郎」

庸は駆け寄り、素早く熊野の袖を引っ張って強引に路地に引き込んだ。

「なんでぇお庸。御用の邪魔をするんじゃねぇよ」

熊野はしかめっ面をして庸の手を振りほどこうとした。

慌てて路地に飛び込んで来た虎吉と康造が庸の体を引き離す。

「ちょいと頼みてぇことがあるんだよ」

庸は両側から虎吉と康造に腕を押さえられながらじたばたと暴れた。

「なんでぇ。頼み事ってのは？」

「上手くやりゃあ、京屋の若旦那からたっぷりとせしめられるよ」庸は右手の人差し指と親指で丸を作った。

「京屋の若旦那が横恋慕した女をつけまわしてるんだ。下手をすると刃傷沙汰になるよ」

庸は女の商売は言わなかった。

「お前ぇ、なんでそんなことを知ってる？」

「貸し物屋には色々な客が来るからね。小耳に挟んだんだよ」

庸は誤魔化した。

「刃傷沙汰になるよっていうことは、まだなってねぇんだな？」

「なることは確実だよ。かわいさ余って憎さ百倍ってやつさ」

「まだなんにも起こっていねぇんなら動けねぇな」

熊野の答えは素っ気ない。

「なんかやらかしたらしょっぴくぜとかなんとか威すぐれぇはできるだろうが」

「駄目だめ。ちょいとやりすぎて、上役から目を付けられてるんだ。そんなことに関わってねぇで店に戻って商売にはげめ」

熊野は言うと、追い払うように手を振って道に戻る。

虎吉と康造は突き放すように庸を路地から押し出した。

庸は転びそうになりながら、なんとか体勢を立て直し、

「なぁ、熊五郎ってば！」

と叫ぶ。

熊野は立ち止まって振り返り、

「その名で呼ぶな！」

と怒鳴って、プイッと前を向き歩き出す。

「馬鹿野郎」

と、康造が庸の頭を叩いた。

「痛てぇなぁ。おいらは野郎じゃねぇぜ」

庸は叩かれたところを押さえながら頬を膨らませる。

「それなら男みてぇな口をきくんじゃねぇ」

康造はもう一度拳を振り上げたが、叩かずに走って熊野を追った。

「お庸さん」

声をかけられて振り返ると、半蔵が呆れたような顔をして立っていた。

「旦那やおれに頼んでも聞いてくれないと思って、熊野を頼ったか」

「それが悪いか。こっちは必死なんだ――。で、侍のほうはどうだった？」

「さる御家中の江戸屋敷に入って行った。勤番の侍だろう。遊んだだけで裏はないようだ」

「侍が真っ昼間から女遊びかい」

「どこの御家中でも江戸屋敷は門限が厳しいから、昼間に遊ぶしかないんだよ。吉原でも昼見世（ひるみせ）は侍がたくさん往来している」

「ならそいつはうっちゃっておいていいか――。なんにしろ、吉助が下手なことをしないうちになんとかしなきゃならない」

庸は腕組みをして、苛々と体を揺する。

「そっちは住処（すみか）を見つけたか？」

「ああ、見（め）っけた。仙二はきっと女の家を見張っていて、出かける時には後を追い、客をとってどこかにしけこんだら吉助に知らせてる。ってことは、吉助はいつでもあの女の寝込みを襲うことができる」

「ふむ、確かに。で、旦那やおれも頼りにできない。熊野にも振られたお庸さんはどうするつもりだ？」

半蔵は面白そうに訊く。

庸は半蔵を睨む。

おそらく半蔵は、吉助があの女を襲おうとしたら止めるつもりでいるのだろう。清五郎もそのつもりで自分に半蔵をつけた――。

「半蔵。お前ぇ、あの女の長屋を知ってるだろう？」

「なぜそう思う？」

半蔵の惚けたような顔で、図星であったことが分かった。

「旦那の命令だな？　できるだけおいらが自分の力でこの件を解決できるようにって言いつけられてるんだろう」

言いながら、庸は腹が立ってきた。

惚れた男であったが、清五郎の掌の上で転がされているとすれば、面白くない。

「深読みのしすぎだ」

半蔵は笑ったが、その余裕のある口振りは、庸の推当が当たっていることを示しているように思えた。

「で、どうする？」

半蔵は訊く。

「どうすると思う？」

面白くなかったので、庸は聞き返した。

「推当は得意ではない」

半蔵は肩をすくめた。

「なら黙ってついて来な」

庸は踵を返し、スタスタと歩き出す。

半蔵は言われた通り、黙ってその後ろを歩いた。

五

庸は葭町へ戻った。そして例の長屋の木戸をくぐり、あの女が入った腰高障子の前に立った。半蔵は木戸をくぐらずに留まっている。

「ごめんよ」

庸は声をかける。

「開いてるよ」

と男の声が返った。

庸はドキリとした。きっとあの女の情夫、〈あやたろう〉だ。

からりと障子を開ける。

四畳半の座敷の真ん中に、鉄瓶を載せた手焙を前に、ゆったりと煙管を燻らせている若い男が座っていた。

細面で鼻筋の通った綺麗な顔をした男である。長い髪を総髪にして後頭部でくっている。縞の着物を小粋に着こなしていた。

こういう男ならば、体を売ってでも養ってやろうという女がいても不思議はないか――。とも思ったが、納得してしまった自分にも腹が立った。

「お前ぇが〈あやたろう〉かい？」

庸は男を睨みつける。

「そうだよ」

あやたろう――、綾太郎は、面白いものでも見るような目つきで庸を見ている。

「お前ぇの女はどこだい？」

庸は乱暴に訊く。

「女？」

綾太郎は眉をひそめた。

「そうだよ。お前を養っている女だ」

庸が訊くと、綾太郎は小首を傾げ、少し考える様子を見せ、そして、ハッとした顔をし、大きな声で笑い出した。

「なにがおかしい！」

庸は三和土を強く踏みつけた。

「おれは誰からも養われていないよ」

綾太郎は笑いすぎて滲んだ涙を、ほっそりとした指で拭う。

「嘘をつきやがれ！　おいらはちゃんと見たんだ。女がここに入ぇるのをな！」

「富士見屋の屋形船から出て来た女かい？」

「そうだよ！」

「尾行られていたとは気がつかなかったなぁ」綾太郎は後ろ首を掻いた。

「で、あんたは誰だい？」

「貸し物屋湊屋の両国出店の主で、庸ってもんだ」

「ああ。跳ねっ返りで有名なお庸ってのはあんたかい」

綾太郎はまた笑い出す。

「跳ねっ返りは余計だよ！　さぁ、お前ぇの女はどこへ行った？　吉助って野郎がなにかするかもしれねぇんだよ！　それを知らせたいから早く教えな！」

庸は地団駄を踏んだ。

「吉助がどうしたって？」

綾太郎が真顔になる。

「ウチから借りた遠眼鏡でお前ぇの女を監視してるんだよ。お前ぇの女が客を取るの

「なーるほど。やっと得心したぜ。なんか事が起きたら、あんたんところから借りた遠眼鏡がそのきっかけの一つになっちまう。そうなれば湊屋の評判に関わるから、知らせに来たってわけだな」

「それもあるが、お前ぇの女の身が心配なんだよ。お前ぇみてぇな男に貢がされ、好きでもねぇ男に抱かれて、挙げ句の果てに、頭のおかしい野郎に痛めつけられるなんて、絶対に見過ごせねぇ！」

「男前だねぇ」

綾太郎は感心したように言った。

「からかうんじゃねぇ！」

庸は怒鳴った。

「なんだなんだ？」

後ろから声がした。

「なにを騒いでやがるんだ？」

長屋の連中が騒ぎを聞きつけて集まって来たのだろうと、庸は振り向いた。

「お前ぇたちには関係……」

言葉は途中で途切れた。

こざっぱりとした格好の男たちの中に、寝乱れた派手な襦袢と、乱れた島田髷の女が数人——。その顎から頬にかけて青々と髭が伸び始めている。

「あんたが尾行た女は、おれだよ」

綾太郎が言う。

庸はハッとして振り返り、綾太郎の顔をじっと見つめる。

言われてみれば、あの女によく似ている。

「姉か妹ってんじゃなく？」

「おれだよ。栄螺巻は髢（かもじ）（つけ毛）をつけて盛ってたのさ——。おれたちは蔭間（かげま）（男娼）だよ」

「〈かげま〉ってなんだ……？」

庸が訊くと、背後の男たちが笑い出す。

「お嬢ちゃんは蔭間を知らないかい」

女装の男の一人が言った。そして男たちは、

「あたしたちは男が好きな男なんだよ」

「まだ役をもらえない役者もいるけどね」

「蔭間で客を取ることで、女形（おやま）の修業をするのさ」

と口々に言った。

「男色（なんしょく）ってのは——」綾太郎が言う。

「衆道（しゅうどう）とも言って、戦国の武将もやってたことだが、おれたちを嫌う奴らも多くてね。

石を投げられたり、突然堀に蹴落とされたりする。だから一箇所に集まってる。元締がいい人でさ。守ってくれているのさ」

スッと手が伸びて、庸の顎をとらえ後ろを向かせた。目の前に女装の男の顔があった。

「あんたもあたしらが嫌いかえ？」

庸は言葉に困った。『男なのに男が好き』とか、『女なのに女が好き』とかいう人がいるらしいということは、友達との話で耳にしたことがあったような気がしたが、そういう人物を目の当たりにしたのは初めてだった。

だから、好きか嫌いかなど判断できる材料はない。

そういうのは当たり前ではないという気もするが、ならば、当たり前とはなんだ？という思いもある。

世の中の人からすれば、自分は当たり前ではないらしい。そう言って嫌う連中もいる。

けれど、自分にとって自分は当たり前だ。ならば、この人たちだって、この人たちにとっては当たり前。

世の中の基準で、当たり前でないから嫌いというのは、自分も不本意だし、この人たちだって不本意なはずだ――。

「いや……」庸は首を振る。

「男だろうが女だろうが人には違いがねぇだろう。人が人を好きになるのに、なんの違いがあるってんだ」

庸が言うと男たちは感心したように首を振り、異口同音に「男前だねぇ」と感嘆した。

「ほんと、男前だ」綾太郎が男たちに言う。

「この娘っ子は、おれを守るために来てくれたんだぜ」

「おおっ」

と男たちはどよめく。

「男前、男前って言うねぇ！」庸は叫ぶように言う。

「おいらは女でぇ！　あんたらだって、『男の癖に』とか言われるのは嫌だろうが！」

「こいつは、すまねぇ」綾太郎は本当に申しわけなさそうな顔をする。

「つい、嬉しくなっちまってさ。けど、男前ってのは、褒め言葉なんだ。許してくんな」

「お、おう。分かったぜ。褒め言葉として受け取るよ」

庸は言った。

「で、お庸ちゃんは、どうやっておれを助けるつもりだったんだい？」

綾太郎は微笑みながら訊いた。

「吉助のことを知らせて、少しの間身を隠してもらおうと思った」

「その間に吉助をどうにかしようと？」

「知り合いの八丁堀になんとかしてもらおうと思ったが、断られた。吉助があんたに危害を加えようとしているのがはっきりすれば、ウチの旦那が手を貸してくれるんだが――」

「湊屋の旦那もおれたちを人として扱ってくれるかい」

綾太郎は嬉しそうに肯いた。

「まだはっきりしていねぇから、身を隠してもらっているうちに、吉助の思惑を探るしかねぇかなと。吉助の手下の仙二がここを見張ってるから、おいらが来たことも、この騒ぎも、もう耳に入っているだろう。なにか動きがあると思うんだが」

「それを探ればいいか？」

いつの間にか庸の後ろまで来ていた半蔵が言った。

「頼むぜ」

庸は答えた。

半蔵は走って木戸を出て行った。

「さて」綾太郎は庸を見つめて言う。

「吉助を探るのを手下に頼んだんなら、お庸ちゃんは手隙になったわけだ。なら、ちょいと話をしねぇかい？」

「うん……」

店のことは気になったが、蔭間と呼ばれる人々への興味のほうが勝った。

「おれたちに訊きてぇこともたくさんあるだろう。さぁ、上がんな」

綾太郎は手招きする。

庸は肯いて座敷に上がった。その後ろで男たちも入りたそうな顔をして中を覗き込む。

「四畳半しかねぇんだ」綾太郎は顔をしかめる。

「今日は遠慮してくんな」

それを聞くと男たちは渋々腰高障子を閉めた。

「明るい連中だろ」

綾太郎は手焙にかけた鉄瓶から、茶碗に白湯を汲んで庸の前に置いた。

「明るすぎるから、ちょっと無理をしてるように見えたぜ」

庸は温かい茶碗で両掌を温めながら白湯を啜る。

「そうしなきゃ辛すぎて生きていけねぇんだよ。だから無理やり明るく振る舞って、それが習い性になっちまってるんだ」

「蔭間だけで稼いでいるのか？」

「さっきも聞いたろうが、まだろくな役をもらえねぇ役者もいる。職人や棒手振を本業にしてる奴もいる。女の姿をしてる奴もいるが、多くの蔭間は男の格好で生活してる」

「不躾なことを訊いてもいいかい？」

庸は色々と訊きたいことがあったが、その中のどれが逆鱗であるか分からなかったから、それに触れないようにまずそう訊いた。

「いいよ。男でも女でもねぇ奴と話すのは初めてだろう。訊き辛ぇことも訊かなきゃ、分かり合えねぇからな」

「その――、食っていけるくらい客はあるのかい？」

「女郎は吉原でも岡場所でも、買えるところはたくさんある。だけど蔭間はどうなんだ？　ってことかい」

「うん」

「蔭間茶屋ってのがある。この辺り――、葭町や本郷周辺に多い。吉原の花魁ほどじゃねぇが、茶屋で蔭間を買うには結構な金がかかるんだぜ。〝ちょんの間（短時間で遊ぶこと）〟なら一分くれぇだが、一日まるまる遊ぼうと思えば二、三両。お庸ちゃんが見たように外に連れ出して屋形船なんかで遊ぶ時には二両くれぇだ」

「客筋は？」綾太郎がすんなり答えてくれるので、庸は遠慮なく訊いた。

「女犯（女性と肉体関係を持つこと）ができねぇ坊主とか、遊廓で身元が知られると困る侍とかかい？」

「それもあるが、ほれ、江戸は男が多いだろう。女にあぶれた男はごまんといる。そういう奴らが流れて来るんだよ」

「素人の女は少ないかもしれないけど、春を売る女はたくさんいるだろう？」

「客の学者が言ってたが、人ってのは不思議なもんで、周りに男だけ、女だけって状況になると、男が男、女が女を好きになることが普通に起きるんだってさ。だけどそういう奴らは、いい人が出来た途端、呪いが解けたように関心をなくす」

「綾太郎たちはどうなんだい？」

「神様が悪戯をしたのかねぇ」綾太郎は溜息をつく。

「男の体に女の心を入れちまったんだなぁ。おれは物心ついた時から男が好きだった。この長屋には男も女も両方好きって奴もいる。そういう奴は、女の客も取るよ」

「女の客？」

庸は目を見開く。

「ああ。大名屋敷の御女中や大店の後家なんか上客だよ。大奥の御女中らは、芝居小屋の上玉がご贔屓だけどね。ああいうところは、世間が思っているよりもずっとドロドロしてるんだぜ」

「そうなのかい――」

庸は唇をへの字にした。

「御女中たちがどういうことをしたがるか、おれたちがどういうことをして客をもてなすかについては――」

綾太郎は悪戯っぽく言って庸の顔をじっと見る。

庸の頬は見る見る赤くなった。

「お庸ちゃんには刺激が強すぎるから話すのはやめておこう」

庸は気を取り直して新しい問いを探す。

「吉助ってのはどんな男だい？」

思いついて訊くと、綾太郎はしかめっ面をした。

「ねちっこい男でさ。何回か茶屋で会ったんだけど、『ほかの客は取るな』なんて言い出した。それで『それなら囲っておくれ』と返すと、『代替わりするまで無理だ』と言う。『それまで待つうち客を取らずにいたら干上がっちまうよ』って答えたんだ。けれど、『おれは、お前が別の男の腕に抱かれるのは我慢ならない』なんて怒り出してさ。だから袖にして、茶屋への出入り禁止さ」

「その茶屋ってぇのは、あんたらの元締の店かい？」

「ああ。この長屋の家主も元締さ」

「その元締も――」

「蔭間だよ。色んなところに手を回して、おれたちが商売しやすくしてくれてる。吉原の女郎と違って、おれたちは遊廓に閉じ込められているわけじゃない。この間みたいに屋形船や出合茶屋に呼び出されることもある。縄張りがあって面倒くさいんだけど、そういうのを上手く手筈してくれてるんだ」

「なるほどね。だけど、蔭間なんかしないで別の商売をすりゃあ危ない目に遭うこともないんじゃないか？」

「ただ暮らしているだけで相思相愛の相手が見つかりゃあね」綾太郎は溜息をつく。

「お互いに好き合っていると思っても――、ほれ、さっきも言ったろう。いい女が見つかるとみんな掌を返すのさ。男二人、子供もできずに静かに老いていく――。そういう暮らしに思い切れる奴は滅多にいない。元締はそういう男を見つけて、綺麗に老いていているけどね。みんな、そういう相手を探してるのさ」

「なんか――、ごめん。訊いちゃいけないことを訊いたんじゃないか？」

庸は綾太郎の顔を覗き込む。

「そんなことないさ。訊き辛ぇことも訊かなきゃ、分かり合えねぇからって言ったのはおれだからな」

綾太郎は言葉を切って目を細め、庸を見た。

「珍しいよな――。おれは女に惚れちまったようだ」

「よ、よしてくれよ！」

庸は真っ赤になって膝で後ずさった。

「蔭間は嫌いかい？」

綾太郎は悪戯っぽく笑う。

「そんなんじゃないよ……」

「ははぁ」綾太郎はぽんと手を打った。

「お庸ちゃん、惚れた男がいるな？」

「知らないよ！」

言いながら、こっちの問いになんでも答えてくれた綾太郎に対して、答えを誤魔化すのは公正じゃないと思い直した。

「そうだよ。いるよ」

「そうかい」綾太郎は溜息をついた。

「安心しな。強引に取って食おうなんて思ってないから。おれは我慢するのに馴れてる。お庸ちゃんがこっちを向いてくれるのをじっと待つから」

庸はなんと答えていいか分からず口をモゴモゴと動かした。

「ごめん、ごめん。困らせちまったな」

「いや。おいらも綾太郎のような心持ちにならなきゃならないかなって思ったんだ」

「なんだい。お庸ちゃんがしているのは、道ならぬ恋かい？」

「そんなんじゃないけど……」そこで庸は声を低くした。

「湊屋の旦那だよ」

「ああ、そいつは手強いね。色男で商売もやり手で、なんだか謎めいたところがあるって聞いたことがある。なんか相談があればいつでも乗ってやるよ。海千山千のおれたちのほうが、おぼこ娘のお庸ちゃんより世間も男も知ってる」

「苦しくなったら相談しに来るよ」

引き上げる頃合いだと思った庸は立ち上がった。

「本当に来ておくれよ」

と庸を見上げる綾太郎の表情に、気弱げな娘の表情を見つけて、庸はドキリとした。

本当に、綾太郎の中には娘の魂が宿っているのだと確信した一瞬だった。

「ああ。必ず来るぜ」

庸は微笑むと、外に出た。

綾太郎の部屋の入り口を遠巻きにしていた男たちが照れたように笑った。

「本当に、来ておくれよ」

男たちは口々に綾太郎と同じ言葉を言った。

「盗み聞きしやがったな」

庸は笑いながら拳を振り上げた。

男たちは嬉しそうに悲鳴を上げて、それぞれの部屋に飛び込んで行った。

気のいい奴ら――。

けれど綾太郎が言ったように、連中の心の中には底なしの寂しさや苦悩があるのだ。

そう思うと、この長屋の者たちが愛おしくなった。

「また来るからな！」

庸は木戸口で元気な声で言うと、勢いよく走り出た。

自分よりも辛い者と自分を比べて我慢するのは本当ではないと思ったが、己の悩みなどたいしたことはないのだと言い聞かせる庸であった。

空は茜から藍色に染まっていた。

六

半蔵は京屋の屋根裏に忍び込んでいた。

吉助の居室の上である。

蠟燭（ろうそく）を灯（とも）した座敷で、吉助と仙二が話し込んでいる。

綾太郎の長屋に庸が押し掛けたことを報告しているのであった。

「若旦那。もう諦めなさいませ」仙二が言う。

「綾太郎を追いかけ回しても、どうなるものでもございません。きっぱりと諦めてしまわなければ、想いだけがつのり、なにをしでかしてしまうか――」

「それが出来るなら、こんなに苦しまない」

吉助は絞り出すような声を出す。

「湊屋の者が綾太郎を訪ねたのですから、もう若旦那がなにをしているのかは知れてしまっております。これ以上続ければ、奉行所も動き出すやもしれません」

「捕まったってかまうものか……」

「そんなことになれば、お店（たな）はどうなります」

「お店など……」吉助は背を丸くして歯の隙間から言葉を絞り出す。

「どうなってもかまうものか。お店がわたしを救ってくれるというのか？　この胸の苦しさが消えるならば、心の中に満ちている暗雲が晴れるのならば、なんでもする……」

半蔵は天井裏で眉根を寄せた。

「こいつはいけねぇ……」

呟いて、半蔵は天井裏から出て屋根に上がる。空には一番星が輝いていた。

瓦を元に戻すと、半蔵は小路に人影がないのを確かめて飛び下りた。

向かいの板塀の陰から、黒装束に盗人被（ぬすっとかぶ）りの男が歩み出て、半蔵の前に片膝をついた。

「吉助が出て来たら追え。いざという時まで手助けはするな。おれはお庸さんのところへ行く」

半蔵は黒装束にそう言うと、走り出した。

黒装束は京屋の裏口が見張れる路地に身を潜ませた。

台所で、独り遅い夕食を摂っていた庸は、蔀戸を叩く音に立ち上がった。
「誰だい？」

誰何（すいか）すると、「半蔵」という声が返った。

「時がもったいない。そのまま聞け。吉助の理不尽な堪忍袋の緒が切れかかっている。葭町に知らせるならすぐに走れ。おれは旦那に知らせに行く。吉助が動いたら知らせをやる」

「分かった」

庸は言って台所に戻り、火の始末をして裏口から外に飛び出した。

庸が息せき切って葭町の長屋に駆け込んだ時、綾太郎の腰高障子は明かりを透かしていた。もしかすると仕事に出ているかもと思った庸は、ホッとして声をかけた。

「おいらだ。庸だ」

「名乗らなくとも分かるよ。自分を〝おいら〟って言う娘はお庸ちゃんしかいない。心張り棒はかかっちゃいないよ」

笑い声が応えた。

庸は障子を開ける。

綾太郎は夜具に横になって手燭の明かりで本を読んでいた。

「吉助が動き出すかもしれねぇって知らせが入（へ）ぇった」

庸は言った。

「そうかい」と、慌てた様子もなく、綾太郎は身を起こして夜具の上に座った。

「なら、今から両国に帰れば、途中で吉助に会わないともかぎらない。明るくなるまでここにいな」

綾太郎は夜具を叩く。

庸は顔を強張らせる。

「取って食いやしないって言ったろう。大丈夫だよ」

笑って、綾太郎はもう一度夜具を叩き、

「助っ人に声をかけてくる」

と言って、座敷に上がる庸と入れ替わりに三和土に降りる。そして草履を突っかけると外に出た。

庸は夜具に座り、手焙に手をかざした。

夜具からは、香でも焚きしめたような匂いがした。

外から何軒かの住人を起こして相談する声が聞こえた。

そして、

「手筈は整った。いつ襲われても大丈夫だ」

と言いながら綾太郎が戻って来た。

「腕っ節は大丈夫かい？　向こうは刃物を持って来るかもしれないぜ」

「おれたちは、体は男だよ」

「吉助が助っ人を連れて来たら？」

「どんな奴を連れて来るかによるけど、まぁ大丈夫だと思うよ」

「そうかい……」

庸はなにか心に引っかかったような顔をしている。

それを見て綾太郎は、

「それに、おそらく吉助のことは、さっきここに来た黒装束の旦那が探って来たんだろ？」

と訊いた。

「うん。湊屋の旦那の手下で半蔵っていうんだ」

「だったら、半蔵さんが湊屋の旦那にも知らせている。まずいとなればそっちからも助けが来るんじゃないかい？」

「そうなんだけどさ……」

「なら、なにが心配なんだい？」

「心配ってんじゃねぇんだ。切った張ったじゃない落としどころはねぇかなと思ってさ」

「優しいねぇ」

綾太郎はニヤリと笑う。

「悪く思わないでくれよ。つけ回されてる本人にとっちゃ、何を甘（あめ）ぇこと言ってやがるって思うだろうけどさ。血を見ねぇで事が収まりゃあ一番だと思うんだ」

「上手い落着を思いつきそうかい？　思いついたんなら、それをやってもいいぜ」

「それが、思いつかねぇ」

庸は腕組みをする。

「そうかい。それなら早く思いつきな。思いつく前に吉助が来たら、こっちのやり方でやっちまうぜ」

「なんか、おっ恐ねぇ」

庸は怯えたような表情をちらりと見せた。

「そうさ。おれたちのお仕置きはきついぜ」

綾太郎は凄みを利かせた笑みを浮かべた。

結局、空が明るくなるまで、半蔵の手下が知らせに来ることはなく、吉助の襲撃もなかった。
庸は両国出店に帰ることにし、綾太郎は念のために用心棒をつけると言った。
綾太郎の部屋に現れたのはどこにでもいそうな風采の上がらない中年男。小さい店の番頭といった風体である。昨夜、綾太郎の部屋に押し掛けてきた中にあった顔であった。

「締造(しめぞう)っていう」

　綾太郎は紹介した。

「こう見えても腕っ節は強うございますから、安心なさいませ」

　庸の表情を読んだのか、締造は優しげな笑みを浮かべて小さく頭を下げた。

　庸と締造は動き始めた町の中を歩く。

「締造。訊いていいかい？」

　庸は怖ず怖ずと言った。

「なんなりと」

「お前ぇも蔭間なのかい？」

　締造を見た時からずっとあった疑問であった。

「蓼(たで)食う虫も好きずきと申しましょう？　これでも結構客はございます」

「すまねぇ。変なこと訊いて」

　庸は申し訳なさそうに首をすくめた。

「どういたしまして。こういう面相でございますから、世間の中では結構生きやすうございます」

「本業は？」

「色々でございます。力仕事から算盤勘定まで口入屋から入れてもらった仕事ならなんでも。食うに困らない稼ぎがあって、後は〝いい人〟になってくれそうな男を探す

――。まぁ、いい暮らしでございます。まぁ、死ぬまで〝いい人〟とは巡り会えないかもしれませんがね」

「世の中のどれくらいの人が〝いい人〟に巡り会えるんだろうね」庸は溜息交じりに言う。

「夫婦（めおと）になった相手が〝いい人〟とは限らねぇだろうからな。巡り会ったとしても、結ばれるとは限らないだろうし」

「お庸さんは恋をしてるね」

締造は優しい目を庸に向けた。

「うん。釣り合いそうにない相手にね」

庸は素直に言った。綾太郎に話してしまったからだろうか、締造に自分の恋心を吐露することにためらいはなかった。

「釣り合いのことなんか気にすることはありませんよ。ひょんなことで、あっという間に釣り合ってしまうこともあるんでございます」

締造は遠い目をする。

「そういうことがあったのかい？」

「まぁ、色々と」

締造ははにかんだように言った。

締造と恋の話をするうちに、両国出店の近くまで来た。店は開いており、松之助が帳場に座っていた。

松之助は歩いて来る庸と締造に気づき、立ち上がって店を出て来た。

「それじゃあ、わたしはこのへんで失敬しますよ」

締造は庸と松之助に一礼すると踵を返した。

七

半蔵からの知らせも、葭町からの知らせもないままに数日が過ぎた。

いつ呼び出しがあってもいいようにと、松之助は毎日両国出店に通っていた。

その日の朝――。帳場に座っていた庸はこちらに向かって来る締造に気づいた。のんびりした歩調だから、急ぎの知らせではないらしい。

「おはよう、締造」

お庸は三和土に入って来た締造に言う。

「おはようございます、お庸さん」

締造は板敷の前まで来て、慇懃（いんぎん）に頭を下げた。

「なにか動きがあったかい？」

「いえ。動きがないので、こっちから動こうってことになりました」

「え？　なにをするつもりだい？」

庸は腰を浮かす。

奥から松之助が出て来て、締造に会釈する。

締造は松之助に目礼しながら答える。

「昨日からまた、仙二が長屋の近くをうろつき始めました。ですから、こちらが動いて吉助を誘い出そうと」

「しかし……」

「お庸さんがいい手を思いつかないのなら、やるしかないと。長屋に閉じ籠もってばかりでは、綾太郎さんも商売上がったりでございますからね」

「そうかい……。で、どんな手を使う？」

「綾太郎さんは、元締にお願いして、仕事を入れました」

「吉助が覗いているところをとっ捕まえるかい」

「そのつもりで。それで、きっついお仕置きをして仕舞いにしようと」

「そうかい……。ついて行ってもいいかい？」

「綾太郎さんは『そうしたければ好きなように』と。こっちがお仕置きを始める前にお庸さんがいい手を思いついたら、そこで切り替えてもいいと申しております」

「ありがてぇ」庸は立ち上がる。

「なんとか考えつくように頑張るぜ」

「遠眼鏡があればお持ちになったほうがよろしゅうございますよ」

締造の言葉に、松之助はすぐに奥に入って細長い風呂敷包みを持って現れた。

庸は松之助に留守を頼むと、土間に降りる。

「お庸さん。足元は草鞋で。なにがあるか分かりませんからね」

締造が言う。見ると締造も草鞋を履いていた。

庸は肯いて草鞋を履き緒をしっかりと結ぶと、締造と共に店を出た。

締造が案内したのは、吉助が最初に遠眼鏡を使った不忍池の畔であった。

以前吉助が潜んだ場所が見える、葦の茂みに二人は隠れた。

庸は葦の隙間から遠眼鏡で対岸の出合茶屋の〈もとや〉を見る。

庭に面した障子は開いていた。座敷はまだ無人である。

「来ましたよ」

締造が耳元で言う。庸は締造が指差す方向を見た。

吉助が遠眼鏡の風呂敷包みを抱えて葦の中に入り込んで来た。そして、庸たちから二間（約三・六メートル）ほど離れたところに、こちらに背を向けてしゃがみ込んだ。

下手な動きをすれば物音で気づかれそうな距離である。葦の隙間から吉助の着物の柄が見え隠れしている。

庸は息を殺して遠眼鏡で茶屋を覗く。

座敷に綾太郎が座っているのが見えた。今日は着流しの若衆風の装いであった。

綾太郎がすっと襖のほうを見た。そのうなじが色っぽく見えて、庸はドキドキした。

綾太郎は立ち上がり、障子のほうへ歩み寄る。襖が開くのと障子が閉まるのが同時だった。

前方から吉助の呻き声が聞こえた。

突然吉助が立ち上がる。

そして道のほうへ走り出した。その手に遠眼鏡はない。

吉助の勢いに驚いた通行人たちが罵声を上げながら脇に避ける。

「あの野郎、大切な貸し物を――」

庸は吉助がしゃがんでいた場所へ走る。

締造は吉助を追って葦の中を飛び出した。

自分の遠眼鏡と吉助が置き去りにしたそれを木箱に入れて風呂敷に包み、庸は急いで締造に続く。

吉助は道を全速力で走っている。

行く先はおそらく〈もとや〉。

吉助と締造との距離は縮まっていく。

庸は両脇に遠眼鏡の包みを抱え、必死に走る。しかし、締造の背中はどんどん遠くなる。

〈もとや〉まであと半丁（約五五メートル）ほどになった時、路地からばらばらっと人が飛び出して来た。葭町の長屋の蔭間たちである。その数五人。いずれも男の扮装で、着物を尻端折りしている。

「行かせねぇぞ！」

一人が叫び、全員が両手を広げて吉助の行く手を塞ぐ。

吉助は踏鞴を踏んで立ち止まり、懐に手を突っ込んだ。

「気ぃつけろ！　刃物を持ってるぜ！」

叫び声が上がり、五人は後ずさる。

吉助は抜いた匕首を振り回し、血路を開こうとする。

通行人が悲鳴を上げて逃げる。

締造が追いつく。

気づいた吉助は振り向いて、締造に匕首を突き出す。

締造は後ろに飛んでそれを避ける。

五人の蔭間が間を詰めようとする。

吉助はそちらに向き直って刃物を振る。そして、じりじりと〈もとや〉へ近づく。

やっと庸が追いついた時、吉助はぱっと身を翻すように〈もとや〉に飛び込んだ。

中から女の悲鳴が響き、膳がひっくり返って食器が割れる音がした。

庸たちは後に続き、土足のまま廊下を走った。砕けた食器や散らばる料理を跳び越え、空き部屋でへたり込んでいる女中に「すまなかった！」と声をかけて奥へ進む。

前方の廊下に、吉助が匕首を手にしたまま立っている。

襖は、吉助が蹴り倒したのだろう、二枚とも座敷のほうへ倒れている。しかし、吉助は中に入れずにいるようだった。

顔に怯えの色があった。

蔭間たちはその様子にただならぬものを感じて立ち止まる。

庸は男たちを掻き分け、遠眼鏡の包みを締造に渡し、吉助の側に寄った。

締造が慌てて庸の袖を引っ張る。

庸は座敷の中を見て絶句した。

「清五郎さま……」

座敷には清五郎と綾太郎が向き合って座っていた。隅に半蔵が控えていた。

「ほれ。入って来いと言ってるだろう」

清五郎が吉助に言った。口元は微笑んでいるが、目は鋭く光っている。吉助はその眼光に射すくめられているのだった。

「恋しい綾太郎の客をやっつけに来たのだろう？　相手になってやるからかかって来い」

清五郎に言われ、吉助は匕首を構え直す。

清五郎さまが危ない――。

頭に血が上った庸は、清五郎の腕前も、側に半蔵がいるのだから、なんの心配もないということも吹き飛んでしまった。

庸は咄嗟に、締造に預けていた遠眼鏡の包みを一つ引ったくった。

半蔵が動こうとしたが、清五郎は手で制す。

雄叫びを上げながら、庸は包みを吉助の手に振り下ろす。

匕首が廊下に転がった。

蔭間の一人が慌ててそれを拾う。

吉助は苦痛に顔を歪めながら庸を睨む。

「やぁぁぁぁっ！」

庸は吉助に突っ込み、力一杯腹を蹴った。

吉助は体を折って座敷に転がった。

「おみごと」

綾太郎が笑って立ち上がり、畳に転がる吉助を細引きで縛り上げた。

「痛めつけたくないと言っていたお庸ちゃんが、最初に手を出したね」

庸は肩で息をしながら呆然と、縛られた吉助を見下ろしている。

「お庸。お庸」

清五郎が呼びかけると、庸はハッとして顔を上げた。

「話は綾太郎に聞いた。何かいい落着は思いついたか？」

「はい……。たった今」庸は清五郎のほうを向いて正座する。

「吉助を借りとうございます」

「分かった。お前がどう始末をつけるか見てみたいから、同行してもいいかい？」

「はい。綾太郎にも一緒に来てもらいとうございます」

「いいよ」

綾太郎は言って、縛った細引きを引っ張って吉助を立たせた。そして、蔭間たちに顔を向けると、

「お前ぇたちは駄目だよ。後から顚末を教えてやるから、長屋で大人しくしてな」

と言う。

「ええ？　おれたちもこいつがどんなお仕置きを受けるのか見てぇよ」

蔭間たちは言ったが、綾太郎は「駄目、駄目」と言いながら、吉助を押して座敷を出た。

吉助はすっかり観念した様子で俯いている。大騒ぎをしたので体に溜まっていた毒が抜けてしまったのかもしれない。

「清五郎さま、なぜここに？」

庸は訊いた。

「そろそろ詰めだと思ってな。遠眼鏡は湊屋の貸し物だから、お前が上手い手を考えつかないのなら、おれが始末をつけようと思った」そこで清五郎はクスリと笑う。

「おれは女が好きだが、綾太郎のような男なら、つまみ食いをしてみてもいいかなと心が揺れたぜ」

「清五郎さま！」

庸は顔を真っ赤にして怒鳴った。

廊下で庸を待っていた綾太郎が笑い出す。

「清五郎さんが相手なら、喜んで抱かれるよ」

「綾太郎！」

庸は荒々しく廊下に出て、「さぁ行くぜ！」と言い放つと、出口へ向かった。

清五郎は微笑みながら立ち上がって素早く座敷を出、庸を追い越し、遠巻きに様子を見ていた〈もとや〉の女中や女将に、

「諸々の弁償は湊屋が肩代わりするよ」

と言うと、玄関に出た。半蔵がその後に続く。

庸は、はっとして散らかった廊下を見た。すっかり頭に血が上っていたから、そういうところにまで気が回らなかった。

庸は暖簾をくぐる清五郎の背中に頭を下げ、

「半蔵」

と呼んだ。

半蔵は振り返り、庸の元に歩み寄る。

吉蔵を引っ立てる綾太郎たちがその横を通って外に出た。

「お前ぇ、色々と隠してることがあるだろ？」

庸は半蔵に訊く。

「なんの話だ？」

「お前ぇ、蔭間が苦手だな？」

庸は半蔵に顔を近づけて小声で訊いた。

「なんでそんなことを訊く？」

半蔵は眉をひそめた。

「葭町の長屋に行った時、最初は木戸をくぐらなかったじゃねぇか」

「ああ……。まぁ、蔭間は得意ではない」

「ってことは、あそこが蔭間が集まる長屋だって知ってたってことだろ？」

「うむ……。娘のお前は知るまいが、あそこは蔭間長屋と呼ばれる有名な場所だ」

「それだけじゃねぇだろう。お前ぇおいらの動きを見張ってて、先回りして色々調べたろ？」

「いや、そういうことはない……」

「きっと清五郎さまの言いつけなんだろうが、おいらは大丈夫だから、あまり心配してくれるなと申し上げておけ」

庸は半蔵の胸を押して外に出た。

清五郎と、縛った吉助を囲む綾太郎たちが待っていた。

「なぁ、綾太郎。吉助の縛めを解くわけにゃあいかねぇかな」

それを訊いて蔭間たちが騒ぐ。

「そりゃあできねぇ相談だぜ、お庸ちゃん。細引きを解いたら逃げ出すに決まってる」

しかし綾太郎は、

「せっかく捕まえたのに、わざわざ解き放つようなもんだぜ」

「なぜだい？」

と穏やかに訊いた。

「縛ったまま町を行けば晒し者だ。京屋の息子はなにをやらかしたんだって騒ぎになる。そうなりゃあ、京屋の評判は落ちちまうだろ」

「そこまで気を遣ってやるかい」

「できるだけ小さく収めてぇんだよ」

庸の言葉に、綾太郎は吉助の耳元に口を寄せる。

「聞いたかい？　このお嬢さんは、お前の家のことまで心配している。おれもできるだけ小さく収めるってのには賛成だ。何度か肌を合わせたお前ぇさんを晒し者にはしたくねぇ。細引きを解いても大人しくしてくれるかい？」

俯いてそれを聞いていた吉助は小さく肯いた。

綾太郎は手早く縛めを解くと、「さぁ、行こうぜ」と言った。

庸は先に立って歩き出す。

清五郎が、庸と吉助の間に入り、綾太郎は吉助の後ろについた。蔭間たちは不満そうな顔をしながら、家路についた。

八

庸と清五郎、吉助、綾太郎は室町二丁目の京屋の前に立った。

情けない顔の吉助に気づいた手代が急いで中に入る。すぐに血相を変えた番頭が出て来て、清五郎に気づき、

「これは湊屋さま。なにかございましたか？」

と訊いた。

「吉助さんに誘われてね。ちょいと遊びに来たんだ。旦那にご挨拶できるかな？」

それが本当の用件ではないと察した番頭は、

「それではこちらへ」

と言って店の土間から裏へ回る通り土間へ庸たち四人を誘（いざな）った。

中庭を通り、奥座敷に通されると、庸は吉助を中央に座らせた。その後ろに、庸を中心に清五郎、綾太郎が並ぶ。そして、吉助の父が現れるのを待った。

しばらくすると縁側に小走りの足音が聞こえ、四十代半ばの男が現れ、入り口で膝を折った。

「京屋善兵衛でございます」

頭を下げ、吉助に向かい合うように座る。

「お前、なにをやらかした？」

低く鋭く、善兵衛は吉助に訊く。

「吉助は言い辛ぇだろうから、おいらが話すぜ。おいらは湊屋両国出店の庸ってもんだ」

庸は、吉助が綾太郎を襲おうとするまでの経緯をかいつまんで語った。

「そんなことを……」

善兵衛は立ち上がって吉助の頬を張り飛ばした。

吉助は横様に倒れ、のろのろと起きあがり、座り直した。

「お奉行所へは……？」

善兵衛はおずおずと訊く。

「届けてませんよ」綾太郎が答える。

「お庸ちゃんがやめろって言うんでね」

「できるだけ穏便にすませてぇ」

庸が言う。

「幾らお支払いすればよろしいので」

善兵衛は上目遣いに庸の顔を見る。

「金でカタをつけようと思うなよ」庸は小さく舌打ちした。

「おいらたちを見くびるんじゃねぇよ」

「いや――」清五郎が言った。

「〈もとや〉の器を幾つか壊し、料理を二人前ほど無駄にした。その弁償をしていただきたい。とりあえずウチが立て替えることにしてあるから、幾らかかったかは後から知らせましょう」

「分かりました……。それで、どのように始末をつけましょう？」

「吉助を上方（関西）辺りへ修業に出してもらいてぇ」庸は吉助の肩越しに善兵衛を見る。

「遠くにやって頭を冷やさせな。自分がなにをやらかしたのかをとっくりと考えれば、人の気持ちを慮る男に近づくんじゃねぇか。商売人にとっちゃあ重要なことだぜ」

「上方でございますか……」

「見張りを一人、つけてくんな。しばらくの間は綾太郎への未練を断ち切れねぇだろうから抜け出して戻って来られちゃ困る。もし、見張りをつけてもそんなことになったら、すぐに飛脚で知らせること。また襲ってきたら、今度は勘弁ならねぇからお上のお世話になることを覚悟しな」

「もし上方でも蔭間に手を出したら……」

「蔭間を悪いことのように言うんじゃないよ」綾太郎がドスの利いた声で言う。

「それに、そんなことはこっちには関係ないことだ。親子でじっくり話し合やぁいい」

「ごもっともで……」

善兵衛は首をすくめた。

「それじゃあ、そういうことでいいかい？」

庸が訊く。

背を向けている吉助が肯く。

善兵衛は「ありがとうございます」と言った。

「ならば、これで失礼しようか」

清五郎が庸と綾太郎を促す。

三人は京屋の奥座敷を後にした。

庸たちは本町三丁目の辻まで歩き、右に曲がった。真っ直ぐ進めば両国吉川町である。

「なかなかいい落着だったな」

清五郎は庸の肩を叩く。

「恐れ入ります」庸は頬を染めて俯く。

「清五郎さまの腕前も忘れて、余計な手出しをして申しわけありませんでした」

「いやいや、あんまり心配してくれるなという思いに沿わず、余計な手出しをしてすまなかったな」

半蔵は早々に清五郎に報告したらしい。

「すみません……」

「いや。なぁ、お庸よ。本店と出店がしっかりと手を組んで事に当たるってぇのは、なかなか麗しいと思うんだが、どうだい？」

「はい……」

「庸とおれや半蔵、綾太郎たちが組んで、こういう落着となった。そう思わねぇかい？　誰が欠けても上手くいかなかったってさ。最後の、京屋の顔に泥を塗らねぇ落着のさせ方は、お庸にしかできなかったろう」

清五郎は庸の肩をギュッと抱き寄せた。

庸の心の臓は爆発しそうになった。

「腹が減ったな」清五郎は庸の肩を離す。

「なにか食って行かねぇか？」

「はい！」

と、庸は赤い顔を輝かせる。

「おれは、ここで失礼します。仲間が顛末を知りたくて首を長くしておりやしょうから。それに――――」綾太郎は庸に目を向け、ニヤリとする。

「湊屋の旦那と仲良くすると、焼き餅を焼く人がおりやすんでね」

「綾太郎!」

庸は悲鳴のような声を上げる。

綾太郎は笑いながら走り出した。

庸はそれを追いかける。

「お庸」

後ろから清五郎の声が呼んだ。

庸はぴたりと足を止めて「はいっ」と言って振り返る。

清五郎は近くの料理屋の暖簾をたくし上げていた。

「一緒に食うのか? 食わねぇのか?」

「一緒にいただきます!」

庸は軽やかな足取りで清五郎の後に続いた。

小猿の面

一

夏となり、夜に騒がしかった蛙の声が少し落ち着いて、昼のニィニィ蟬が喧しくなり始めた。

湊屋両国出店には、時々、挙動不審の客が来る。ほかの出店や本店でもそういう客はあるそうだが、両国出店が一番のようであった。

それは、小娘が主をしているから——。

店主の評判を知らない者が、小娘相手ならなんとか事情を誤魔化して物を借りられると甘く見るからであろうと、庸は思っている。

その日も、辺りの様子を窺いながら、こそこそと店の土間に入って来た男がいた。

「面を借りたい」

所狭しと置いてある貸し物には目もくれず板敷の側まで来て、男はそう言った。

「面ったって色々あらぁ。どんな面だい」

帳場に座っていた庸はぶっきらぼうに訊いた。

客は仕立てのいい着物を着た四十絡みの男。そこそこ繁盛している店の番頭といった風情であった。

眉をひそめて庸を見ると、

「客相手にその口の利き方はなんだ」

と不愉快そうに言った。

客の五人に一人は口にする言葉である。

「おいらはこの口の利き方で商売してるんだ。気に食わなかったら帰(け)ぇってくんな」

庸は即座に返した。

客は一瞬鼻白んだが、

「猿の面だ」

と答えた。

「猿の面をなにに使う？」

「宴の座興に猿踊りをする」

「ほぉ。そんな滑稽なことをするようには見えねぇがな」

「余計なお世話だ。猿の面はあるのか、ないのか？」

「無い物はないってことで有名な湊屋だ。あるよ」

「損料(そんりょう)はいくらだ？」

「物による。張り子の面なら三日で十文。木製の立派なやつなら三日で一分。本店になら名人が彫ったのがあるが、そういうのがいいなら本店へ行ってもらったほうが早(はえ)ぇ」

「わたしが行ってもようございますよ」

奥から顔を出した松之助(まつのすけ)が言った。

「木製の一分のやつでいい」

「かしこまりました」

松之助は奥の納戸へ行き、棚の上から木箱を三つ取って店に戻る。

板敷に蓋を開けた木箱を並べる。

最初に開けた箱には小振りな猿の面が入っていた。笑ったように開いた口には歯が並んでいて、目はまるまると見開かれている。

「これは小猿といいまして、ちょっと小さいですが、狂言の【靱猿(うつぼざる)】に使うもので、子供が被ります。これなんかは額にちょこんと結んでやれば滑稽みが増すかと」

次の箱には角が丸い逆三角の面が収まっている。金色の目の周りが赤く塗られ、間を帯状に塗って繋げている。戯画をそのまま形にしたような面であった。

「これは、博多人形の職人が作ったもので、猿田彦神社の初庚申(はつこうしん)祭で授けられ、家の入り口の外に飾ると災難を避けて幸福を招くといわれるものです。めでたい席ならこれもよろしいかと」

三つ目の箱は写実的な猿の面である。肌色の顔に金色の目がギョロリと見開かれている。

「これも狂言で使うもので、猿面といいます」

客は眉根を寄せ、腕組みをして真剣に品定めをする。真っ先に猿田彦神社の面を脇に除け、残りの二面を見比べる。

宴の座興に使う面を選ぶにしては、ずいぶん慎重だ――。

庸は客の様子を観察する。

「雨に当たっても大丈夫か？」

客は面を見つめながら訊いた。

「雨？　外で宴を催すってのかい？」

「いや……。踊っている勢いで外に出るやもしれん」

「ふーん――。雨に当てられちゃあ困る。染みが出来てたら、損料を増やすぜ」

「分かった。猿の顔に近い大きさはこれか――」

客は小猿の面を選んだ。

なぜ実際の猿の顔の大きさにこだわる――？

不審に思いつつも、

「それじゃあ、在所と名前を書いてくれ」

庸は帳場を出て、硯箱と帳簿を板敷に置いた。松之助は箱を〈湊屋　両国出店〉の名の入った風呂敷に包む。

客は筆を取ってサラサラと書き込む。なかなかの達筆であった。

〈日本橋高砂町　乾物問屋信濃屋　番頭　実之介〉

「じゃあ、借りて行くよ。とりあえず三日だ」

客――、実之介は懐から財布を取り出し、一分銀を差し出した。

「とりあえずってことは、延長もありってことか？」

庸は帳場から出て一分銀を押し戴きながら訊く。

「そうだ」

「宴に使うんだろ？　ならば使うのは何月何日って決まっているはずだ」

実之介は一瞬答えに詰まる。

「……稽古に使ってみるんだよ。三日使って具合が悪ければ取り替える。宴はまだ先なんだ――。って、なんでそんなにしつこく訊くんだ？」

「安い物を貸すんじゃないんだ。疑問があればなんでも訊く。たまに使い途を偽る奴がいるからな」

「……偽っちゃいない。座興に使うんだ」

実之介は強く言い、風呂敷包みを抱えて店を出る。

「ちょいと様子がおかしかったな」庸は土間に降りて草履をつっかけた。

「あの在所と名前の書きっぷりなら、偽りじゃねぇだろうが、とりあえず調べて来る」

「今日はわたしが行きますよ。いつも店主が留守じゃよろしくありません。常連さんたちが『今日もお庸ちゃんはいねぇのか』と寂しそうですよ」

「そうかい……。それじゃあ、頼むかな」

「任せてください」

松之助は素早く襟に湊屋の縫い取りのある半纏を脱いで外に出た。

実之介と名乗った男は、両国出店から真っ直ぐ延びる横山町の通りを進み、通塩町の緑橋を渡った。すぐに左に曲がり、浜町堀沿いに歩く。

高砂町まで来ると、右の小路に歩み込んだ。そして一軒の町屋に入り、すぐに出て来た。持っていた風呂敷包みがない。

松之助は建物の陰からその様子を見て、その町屋が実之介の家だと判断した。

実之介は堀沿いの道に出てまた真っ直ぐ進む。少し歩くと〈乾物問屋　信濃屋〉の大きな暖簾の出た店に入る。中から「番頭さんお帰りなさい」という声が聞こえた。

実之介は確かに信濃屋の番頭であるようだった。

松之助は実之介の家とおぼしき町屋まで引き返した。

近くに飯屋を見つけて中に入る。

「いらっしゃいませ」

と、すぐに小女が出て来た。まだ昼前であったから店に客の姿はなかった。

江戸時代の初期には朝夕の二食であったが、元禄の頃から一日三食が定着していく。

松之助は蕎麦（そば）を注文しつつ、小女に、

「この近くに信濃屋さんの番頭さんが住んでいるよね」

「ええ」

小女の顔に警戒の色が浮かぶ。

「いやいや、住まいを聞き出そうっていうんじゃないんだ。知ってるから——。わたしは小間物屋の手代なんだが、奥さまにちょいとお薦めの品物があってさ。けれど、趣味に合わないものを持って行ってもしょうがない。簪とか、櫛とか、どんなものが好みなのかなと思って。実之介さんに訊いても埒があかない。やっぱりこれは女の人の意見を求めなきゃって思ったのさ」

「ああ、そういうことですか」小女は顎に指を当てて考える。

「櫛は花の柄が描かれてる塗りの櫛が多いように思います。簪は銀の平打ちをよく見ます」

「女の子はいないか？」

「お子さんは男の子二人ですよ」

「よし、分かった！　ありがとうよ」

松之助は小女に小銭を摑ませた。

小女は嬉しそうに微笑み、厨房へ小走りで去った。

松之助は急いで蕎麦を啜ると、近所を回って実之介の家について情報を集めた。

その中に、気になるものが一つあった。

数人から、『夜、実之介の家から怒鳴り声が聞こえてくる』という話を聞いた。いずれも子の刻（午前零時頃）あたりに厠へ出た時に聞こえたという。何を叫んでいるのかは誰も聞き取れていなかったが、何か叫んで激しく戸を閉める音がしたのだという。

十日ほど前から三日くらい続き、今は静かだとのことであった。

夫婦仲や子供たちのことも聞き込んだが、仲睦まじい家族だという評判であった。

松之助は一旦聞き込みを中断し、両国出店に戻った。

二

松之助の報告を聞き、庸は帳場で腕組みした。

「座興の猿踊りの稽古を店でするはずはないから、家に持ち帰ぇるのは不思議じゃないか」

「そうですね。叫び声のほうはいかがです？」

「うん――。猿の面に関係あるかどうかか」

「家族の誰かを叱っているのでもなさそうです」

「そりゃあ、近所に聞こえたんなら、外で叫んだんだろう」

「泥棒でしょうか？」

「泥棒が三日続けて忍び込んで、実之介に怒鳴られてすごすご帰ったってのは、ありそうもねぇな」

「うーむ。では、物乞いとか」

「ああ、それはあるかもしれねぇが、小猿の面をどう使う？　脅かすんなら、猿面のほうがおっ恐ねぇぜ。実之介は、実際の猿の顔の大きさに拘ってた」

「猿嫌いの物乞いとか」

「物乞いが猿嫌いだとどうやって知った？　だいいち、面だってのは分かろうぜ」

「それじゃあ、呪いとか」

「小猿の面を使った呪いなんか聞いたこともねぇ」

「瑞雲さんに聞いてみたらいかがです？」

瑞雲は、浅草藪之内の東方寺住職である。庸がまだ両国出店の店主になって間もない頃、大きな俎の貸し物の件で知り合い、以後、怪異が絡む時にはたびたび出張ってもらっていた。姉のりょうの霊といつも繋がっていられるようにと守り袋を授けてくれたのも瑞雲であった。

「瑞雲か――。いいかもしれないな」

「お庸さんの推当との絡みもありましょうから、わたしが代わりにってわけにもいきません。今度はわたしが店番をしましょう」

「それじゃあ、頼むか」

❖

東方寺は三谷橋を渡ってすぐ、藪之内の寺院群の中にあった。

小さく古い本堂はまるで破寺（やれでら）のようで、敷地には墓地はない。瑞雲は加持祈禱（かじきとう）で生計を立てていて、この寺に小坊主と二人で住んでいた。

祈禱の腕はなかなかのものであり、大名、旗本からも依頼がある。湊屋でも、返された貸し物に悪いモノが憑いていると思われる場合、瑞雲に調伏（ちょうぶく）を依頼していた。

案内を請うと小坊主が現れて、本堂に案内してくれた。

この小坊主、出会ってから数年経つが、いっこうに背が伸びないような気がした。もしかすると瑞雲は物（もの）の怪（け）か何かを使役しているのではないかと、いつも気味悪く感じる。

埃っぽい本堂で、煤けた阿弥陀（あみだ）如来（にょらい）に見下ろされながら待っていると、墨染めの衣を着た瑞雲が現れた。大柄で鼻と頬が酒焼けした中年の男である。

「どうしたお庸。貸し物に悪霊でも憑いたか？」

瑞雲はしゃがれ声で言い、庸に向き合ってあぐらをかいた。

「ちょいと聞きたいことがあってさ。猿の面を使う呪（まじな）いってのはあるかい？」

「面か――」瑞雲は顎を撫でる。

「面というのは、術者がそのものになりきるために使うことが多い。そのものを呪いに使うという正式な術は知らぬが、呪力が宿った面であれば、それを使って術を行うことはあろうな」

「ウチから借りて行った面を術に使うならば、面に呪をかけて呪う相手に送るという方法だろう。ならば、貸し物など使わずに買うなり自分で打つなりして蠱物（呪いに使う品物）とするだろうな。よっぽどしみったれた奴ならば、金を惜しんで貸し物を使うかもしれねぇが、いずれ足がつく。貸し物が返ってこなきゃ、お前、引き取りに行くだろうが」

「そうか――」

「何があった？」

「うん――」

庸は実之介のことを、松之助が聞き込んできたことを含めて語った。

「ふむ。怒鳴り声と小猿の面、本当に関わりがあるのか？」

「それが分からねぇから聞きに来たんだ。ここで分からなきゃ、実之介の家を張り込まなきゃならないかなって思ってさ」

「半蔵に忍び込ませればいいではないか」

「そこまでやるようなことかも分からねぇんだ。まずこっちでもう少し調べようと思ってさ。貸し物を変なことに使われるんじゃなきゃそれでいいんだが――」

「ふん。物の怪が関わっているかもしれんと心配なら、張り込みに付き合ってやろうか？」

「いや。おりょう姉ちゃんがいるから」

庸は胸元を手で押さえる。着物の下には首から吊った守り袋が忍ばせてある。瑞雲がりょうの霊と繋げたお守りであった。

「おりょうは、お前の都合では現れてくれぬぞ。隠世(かくりよ)はこちら側とはまったく異なる理(ことわり)で動いておるからな。たとえば、亡くなった親族に『幽霊でもいいから出て来てくれ』と願う者は多いが、それが叶えられることはまずない。と思えば、まるで関係のない者のところに、突然亡魂(ぼうこん)（幽霊）が現れたりする。死んですぐに現れることもあれば、何年、何十年と経ってから現れることもある」

「そうか。難しいもんだな」

「隠世のことは分からないことが多いが、その中でわずかに分かっていることを使って、蠱事(まじわざ)（呪術）を使ったり、加持祈禱、調伏を行ったりするのだ」

瑞雲が難しいことを言い始めたので、庸は遮った。

「まぁいいや。危ないことになりそうな時には助けてもらうよ」

庸は腰を上げた。

瑞雲からはあまり有用なことは聞けなかった。もっと踏み込んで実之介を探らなければなるまい。

❖

戻った庸から話を聞いた松之助は眉をひそめる。

「旦那に相談したほうがよくないですか？」

「相談するかしねぇか、その線引きが難しいんだよ。大したことねぇことで清五郎さまの手を煩わせたくねぇ」

「でも、万が一、なにか恐ろしいことが裏に隠れてたら……」

「そんなことを言ってちゃあ、些末なことまで相談しなきゃならなくなる。爪楊枝一本に悪霊が隠れていることだってあり得るだろうが」

「それはそうですが――」

「今夜、様子を見に行って来る」

「いや、それはもう少し先にしましょうよ。明日、わたしがもう一度聞き込みをして来ます」

「怒鳴り声と、小猿の面を借りて行ったことが繋がっているとすりゃあ、使うのは早ければ今夜だろうぜ。どんな使い方をするのか確かめなきゃならねぇ」

「それじゃあ、わたしも行きます」

松之助は意を決したように言う。

庸はクスッと笑った。

「お前ぇ、怪異は苦手だったんじゃなかったっけ？」

「怪異が起こるとは限りません」

「じゃあ、怪異が起こったら逃げていいからな」

「逃げません！」

松之助はムキになる。

庸はゲラゲラと笑った。

三

庸と松之助は亥の下刻（午後十一時頃）に両国出店を出て、実之介の家へ歩いた。

町木戸は番人に湊屋の用事だと言って通った。

実之介の家の裏手へ回る。背の低い生け垣に囲まれた小さな裏庭があった。そこは畑になっているようで、菜っ葉の列が闇の中にぼんやりと見えた。

その向こう側に雨戸がある。

「あれはなんです……？」

松之助が震える声で言った。

雨戸を背に、子供ほどの大きさのものがうずくまっている。

庸は生け垣に近づき、うずくまったものをじっと見つめる。

それがなんなのか分からなかったが、まったく動いていないのは確かだった。

もっと近づかなきゃ分からねぇな――。

庸は枝折り戸に走る。

「あっ、お庸さん。駄目ですよ」

松之助は小声で言い、庸を追う。

庸はその言葉を無視して枝折り戸を開け、庭に歩み込んだ。畑の端を進んで雨戸の前に立った。うずくまるものとの距離は二間（約三・六メートル）ほど。

庸は用心しながら近づく。

松之助は奥歯を噛みしめながら庸の後ろに追いつく。しがみつきたい思いを必死で堪えていた。

庸はうずくまるもののすぐ横にしゃがみ込んだ。

それは、ぼろ布を縫い合わせて作った袋になにかを詰め込んで膨らませたものだった。短い手足のようなものが突き出している。両手足を前に出して座る人のような形である。その頭部に、小猿の面がくくりつけてあった――。

「なんだ、こりゃあ……」

庸はそれの頭をつついた。

小猿の面をつけた人形はゆらゆら揺れた。

「やっぱりなにかの呪いですよ……」

庸の後ろから怖々覗き込んだ松之助が言った。

「うん……」

確かにそのように見える。しかし、なんの呪いだ？

呪術に精通する瑞雲も知らない呪いとすれば、実之介はどんな人物からそれを教わったのか――？

その時、背後から音が聞こえた。

悲しい時に犬が発する声に似ていた。

庸はハッとして振り返る。

生け垣の辺りに赤く光る目を見た。

「犬――？」

「え？　どこです？」

松之助が庸の視線を追って生け垣を見た時にはもう赤い目は消えていた。

小猿の面、犬――。

「もしかすると――」

庸の中で幾つかの出来事が組み合わされた。

「推当が立ったんですか？」

「おそらくな」庸は小猿の面をつけた人形を見下ろしながらゆっくり肯いた。

「今夜は帰ろうぜ」

「それじゃあ、道すがら、推当を聞かせてください」

「両国出店に戻ってからゆっくり話してやるよ」

庸は枝折り戸に向かって歩く。

「そういうわけにはいきませんよ」

「なんで？」

「戻ってからじゃあ、ますます本店に戻るのが遅くなります」

「泊まって行きゃあいいじゃないか」

「そいつはまずいですよ。お互い、独り身ですし」

「なんだ、お前ぇ、不埒なことを考えてるのか？」

庸は道に出て枝折り戸を閉める。

「いえいえ。わたしはそんなこと考えませんが、店の者たちがなんだかんだと噂しましょう」

「夜更けに戻るのも、夜が明けてから帰るのもたいして変わるめぇ」

「大違いでございますよ。少なくとも、いらぬ疑いをかけられぬよう、泊まらずに帰って来たっていう体（てい）にはなります。そういう体がたいせつなのですよ」

「面倒くせぇもんだな」

庸と松之助は夜道を歩き出す。

「両国出店まで見送った後、わたしは本店へ戻ります。ですから、その道すがら、推当を聞かせて欲しいと申してるんです」

「分かったよ」庸は肩をすくめた。

「猿と犬って聞いて、なにを思い出す？」

「犬猿の仲ですか？　犬と猿は仲が悪い」

「顔を合わせれば喧嘩になるか、どちらかが逃げ出すか。呪いはそれだ」

「よく分かりませんが……」

「実之介の家の裏庭は畑だった。畑には肥料を入れなきゃならねぇ」

「はい。それが？」

「肥料には糞尿も使うが、簡単なのは残飯だ。小さな畑を作っている家では、残飯や落ち葉なんかを穴に溜めて堆肥を作る。そこに残飯を放っておけば――」

「ああ、犬がそれを食いに来ますね」

「しまったと思って蓋を作って被せたとしても、犬は賢いからそこに餌があると知ればしつこく訪れ、蓋を壊して食おうとする。そうなったらどうする？」

「追い払う手段を講じますね――」松之助の顔に理解の色が浮かび、ポンと手を打った。

「追い払うに追い払えませんね」

「そう。生類憐みの令。手荒く追い払えばお咎めを受ける」

「実之介さんは犬を追い払うための案山子を作ろうと考えたんですね」

「そう。犬は賢いから下手な案山子じゃすぐにばれる。だから本当の猿の大きさに近い小猿の面を借りて行った。だけど、犬を脅かすことになるから、生類憐みの令に引っ掛かるかもしれない。だから、使い途を正直に言えなかった」

「でも」松之助はクスクス笑った。

「胴体のほうはずいぶんお粗末でしたね」

「犬は悲しそうに鳴いて帰って行ったが、案山子が効いたんじゃなくて、きっとおいらたちがいたから逃げたんだ」

「そこですよ、お庸さん」

松之助は突然立ち止まった。

庸は数歩歩いて足を止める。

松之助は慌てたように庸に駆け寄る。

「わたしは、犬の鳴き声も聞いていませんし、姿も見ていないんです」

闇の中、松之助の顔が恐怖に歪む。

「鳴き声は小さかったし、見えたのは赤い目の光だけだ。聞き逃し、見逃しだろうよ」

「だけど、犬の幽霊ってことも考えられるんじゃないですか？」

「犬の幽霊って推当てるより、餌をあさりに来た野良犬だって推当てたほうが、すんなりくるぜ」

「目の光があったのは、生け垣のこっち側ですか？　向こう側ですか？」

「はっきりと二つ揃って見えたから、生け垣の隙間から見えたってこともあるめぇ。おそらく生け垣のこっち側だよ」

「だったら、犬が逃げるには生け垣を越えなきゃならないですよね。くぐればガサガサ音がします」

「じゃあ跳んだんだろうよ」

「とすれば踏み切る足音が聞こえるはずです」

「だったら、犬は生け垣の向こう側にいて、たまたま葉の隙間から目の光が見えた。そういうことだったら、犬が少し動けば目の光は葉の陰に隠れちまう。お前が見逃しても不思議はねぇよ」

「そんなに都合良く葉の隙間から両目が見えるなんてことありませんよ」

「お前ぇ、どうしても犬の幽霊ってことにしてぇようだな」

　庸は呆れた顔をする。

「そんなんじゃありません。もしそうだったら恐ろしいと言ってるんです。少しでも犬の幽霊だって可能性があるんなら、用心しなきゃならないでしょ」松之助は庸の袖を摑む。

「お庸さん。絶対に不埒なことはいたしませんから、やっぱり泊めてください」

「やだねぇ、臆病者は」

庸は乱暴に松之助の手を振り払い、スタスタと道を急ぐ。

「なんとでも仰ってください。恐いものは恐いんですよ」

松之助は足早に庸を追った。

四

結局、松之助は両国出店に泊まった。自ら損料を出して布団を借り、一階の納戸の隙間にそれを敷いて寝た。

翌朝、庸は松之助に店番をさせて出かけた。まず新鳥越町の本店へ清五郎(せいごろう)を訪ねたが、所用で出かけているというので、大番頭に昨夜の子細を話した。

次に庸は浅草藪之内の東方寺に瑞雲を訪ねた。庫裡(くり)の板敷で昼酒をあおっていた瑞雲は、庸の話を聞き、

「それだけでは本物の犬か、犬の亡魂かは分からぬな」

と言った。

「おいらの体に、犬の幽霊の穢(けが)れかなにか残ってないかい?」

「霊力の弱いモノにちょっとの間関わったくらいで穢れは移らん」

「そうかい――」庸は肩をすくめる。

「昨夜(ゆんべ)、おいらは犬の目らしい光を見た。松之助は見なかった。それで、松之助は犬

の幽霊じゃないかって言ったわけだけど、あれが生きた犬だったたか幽霊だったたかはっきりさせる方法はないか？」

「昨夜のそれがなんだったたかの判断は出来ぬが、今夜現れるものが幽霊かどうかを確かめる方法ならあるぞ」

「犬の幽霊だった場合、実之介にも見えるようにはできねぇかな」

「見せてどうする？」

「相手は幽霊だから、小猿の面で脅かしてもしょうがねぇぜって、貸し物を引き上げて来るのさ」

「こういうのがある」

瑞雲は両手の人差し指を口に入れ、唾のついた指で眉を撫でた。

「これで狐狸（こり）妖怪の正体が見える。幽霊が見えぬ者でも見えるようになる」

「そんな子供だましじゃなくてさぁ」

庸は眉をひそめた。

「ならばこれだ」

瑞雲は右手の五指を筒状に曲げて、右目でそれを覗く。

「これは〈狐の窓〉という。こうやって覗けば、物の怪の正体が見える」

「子供だましじゃなくって言ったろう。もっと確実なやつを教えろよ」

庸は顔をしかめた。

「そういうやつが所望ならば銭をもらうぞ」

「仕方がねぇな。払ってやるよ」

「しからば」瑞雲はニッと笑って立ち上がる。

「しばし待て」

庸は小さな布包みを持って両国出店に戻った。

「それ、なんです？」

目ざとく布包みを見つけた松之助が訊いた。

「お前ぇに幽霊を見せる道具だよ」

「幽霊なんか見たくありません！」

松之助は両手を振って、帳場を出る。

庸は入れ替わりに帳場に入り、

「嘘だ」

「なんだ……。脅かさないでくださいよ」

松之助は帳場の横に座って安堵の息を吐く。

「もし、実之介の庭を訪れる犬が、おいらにしか見えなかった時に使うのさ。瑞雲に借りて来た」

「なるほど。犬は幽霊だから小猿の面は案山子にはならないって実之介さんを諭すんですね。それで、調伏は瑞雲さんに任せると」

「そういうことだ。夜になったら実之介の家に行くけど、お前ぇはどうする？」

庸は昨夜の松之助の様子を思い出しながらニヤニヤと笑う。

「行きますよ」松之助は口を尖らせた。

「実之介さんの家で出現を待つんでしょ？　人数が多ければ恐くはありません」

「でも、犬の幽霊が見えちまうかもしれねぇんだぜ」

「お庸さんは本物の犬だって言ったじゃないですか。そっちを信じることにします。なんにしろ、お庸さんが夜出かけると知って、一人で行かせるわけにはいきませんからね」

「おいらはなんだか、お前ぇの言うことのほうが正しいんじゃねぇかと思えてきたんだ」

「えっ？　どういうことです？」

「あの犬は、幽霊じゃなかったかってさぁ」

「やめてくださいよ……」

松之助は眉を八の字にして身を縮める。

「お前ぇが言ったことだろうが。まぁ、本物の犬より、幽霊の犬のほうが対策を立てやすいから楽だけどな」

「ああ、本物の犬だったら、脅かさないように追い払う方法を考えなきゃならないですからね」

「追い払ったってことでお咎めがあるかもしれねぇから、来たら餌をやればいいだけの話だが、案山子で追い払うことを考えるくれぇだから、実之介は犬嫌いだろう」

「ああ、そうですよね」

六ツ半（午後七時頃）。庸は松之助を連れて実之介の家の前に立った。手には瑞雲から預けられた布包みを持っていた。

「実之介さん。湊屋両国出店の庸だ」

庸は中に声をかけた。

すぐに足音がして、腰高障子が開く。

手燭を持った実之介が、怪訝な顔で、

「なんの用だい？」

と訊いた。

「小猿の面を使って座輿の猿踊りをするっていうのは嘘だろう？」

庸は訊いた。

「な、なんのこったい？」

実之介は誤魔化す。

「嘘じゃねぇってんなら、ここで稽古の成果を見せてもらおうか」

庸は土間の奥の板敷を顎で指した。

「お前たちに見せる必要はなかろう」

実之介は強気に言った。

「小猿の面で――」松之助が言う。

「犬を脅かそうとしたことは分かっています」

「それは……」

実之介は目を泳がせた。

「こっちに話した使い方とは違うな。違約したんだから、小猿の面は引き上げるぜ」

「待ってくれ。あの面のお陰で、昨夜は犬が来なかったんだ」

「やっぱり犬除けの案山子かい」

「やっぱりって……」

「昨夜、様子を見に来たんだよ」

「えっ？」

実之介は驚いた顔をした。

「昨夜も犬は来たよ。案山子に驚いたってより、おいらと松之助に驚いて逃げたんだろうよ」

「様子を見に来てたのか……」

「なんだか怪しかったからな。大切な貸し物をどう使われるか確かめるためさ。雨ざらしの場所に置かれたんじゃ、面が汚れる。雨に濡れたら困るって言ったろうが」

「しかし……。犬除けが無くなるのは困る」

「だから、昨夜はおいらと松之助に驚いて逃げたって言ったろう。小猿の面の案山子が効いたわけじゃねぇんだよ」

「いや。あんたらに驚いて逃げたんなら、案山子が効くか効かないか、まだ分からないじゃないか」

「そう言うと思ったぜ。だったら、効くか効かないか試そうじゃないか。どっちにしろ、小猿の面は返してもらうが、犬除けの方法は一緒に考えてやるぜ――。入っていいかい？」

庸は中を指差す。

「う、うむ……」

実之介は体を横にして庸と松之助を家の中に入れた。

二人は板敷に上がって座る。

「子の刻にはまだ間があるから、子細を訊こうか」

庸が言うと、実之介は観念したように座り、床に手燭を置いた。

「十日ちょっとくらい前だ――」実之介は話し始める。

「夜、厠へ起きると、雨戸の隙間から月の光が漏れていた。どれ月でも愛でるかと雨戸を少し開けて外を見ると、裏庭に犬が来ていた。生け垣の影の中だったから姿は見えなかったが、赤い目が見えた。これは、残飯を食いに来たなと思って、怒鳴って追い返した。次の日の朝、板を掻き集めて堆肥の穴に蓋をしたが、その夜様子を見に雨戸を開けると、赤い目があった。また怒鳴って追い返した。そういうことが三日ほど続いたが、近隣の住人に怪しまれると思って、放っておくことにした」

そこまで話した時、なかなか戻って来ない実之介を心配したのだろう、奥から実之介の妻が顔を出した。

「湊屋出店の庸さんとお供の方だ」

実之介が言う。松之助は名乗って頭を下げる。

「しなでございます」

「心配せずに奥にいなさい」

実之介が言うとしなは一旦奥に下がり、茶を持って再び現れた。そして、三人の前にそれを置くと不安げな顔をして去った。

「それで？」

庸は促す。

「怒鳴って犬を追い払ったと知られれば、誰かが奉行所に訴えるかもしれない。去年は、生類憐みの令に抗議して犬を磔にした者が斬罪に処された。捨て犬をした者が獄門。今年の二月、子犬を殺した男が磔にされた。犬を虐待した者を密告した者に報奨金が出るという触れが出て、五十両をもらった娘もいる」

実之介は言葉を切って首を振り、続ける。

「だから、残飯を食い荒らされるくらいなら我慢しようと思った。水気のものを摂るのも控えて、夜間は厠に行かないようにした。すると、その晩から、犬は雨戸を引っ掻くようになった。それが三晩続いた。どうにもたまらず、案山子を作ることを思いついた」

「案山子で犬を追い払ったと知られれば、それも虐めだと判断されるやもしれませんよ」

松之助が言う。

「叩いたり物を投げつけたりしたわけじゃない……。しかし、それもあり得るかもしれんな……」実之介は肩を落とす。

「ならば、どうすればいいいんだ……」

「傷は？」

庸は訊く。

「傷？」

実之介は片眉を上げる。

「雨戸に爪でつけた傷痕があったろう？」

「なかった。うまく引っ掻いたんだろうな」

　実之介がそう言った時、松之助がぐいっと庸の袖を引っ張った。手燭に照らされたその顔は泣きそうに歪んでいた。

「本当に犬だったのか？」

　庸は訊いた。

「犬だ。引っ掻いている時に何度か吠えていた。ワンワンッてな。犬以外になんだっていうんだ？」

「我慢できないくらいの――」松之助が震える声で言った。

「音を出して引っ掻いたんなら、その傷痕は絶対に残ります。雨戸は鉄でできているわけじゃないでしょう？」

「だから」実之介は舌打ちする。

「犬以外になんだっていうんだ？」

「犬は犬でも、犬の幽霊かもしれません」

「幽霊……」

　実之介は眉をひそめる。

「お前ぇは、光る目だけしか見てねぇんだろう？　姿は見たかい？」

「いや……」

「おいらも光る目しか見てねぇし、鳴き声しか聞いてねぇ。だけど松之助は目も見てねぇし、声も聞いてねぇ。だから幽霊じゃねぇかと言う。そういうことまでひっくるめて確かめようと思ったんだ」

「どうやって確かめる？」

「今夜は雨戸を開けておくのよ」

「雨戸を……。中に入って来たらどうする？」

「犬がか？　犬の幽霊がか？」

「どっちもだ」

「お前ぇ犬が恐ぇか？」

「いや。以前飼っていたから恐くはない。だが、犬の幽霊なんてどう扱ったらいいか分からない」

「もし幽霊だった時の用心は万全だ。もし本物の犬だったら、しょうがねぇから養ってやれ。朝晩、餌を出してやりゃあいい。お咎めを受けるよりはいいだろう」

「うむ……」

「どっちにしろ、悪いようにはしねぇ。最後まで面倒を見てやるから、おいらに任せねぇか？」

「分かりました……」実之介の言葉が改まった。

「では、こちらにどうぞ」

手燭を持って先に立って実之介は歩き出す。

三人は、雨戸の閉まった四間ほどの廊下を進む。突き当たりが厠のようであった。手前の障子が明かりを透かしている。島田を結った影が映って、そっと障子が開く。

「犬の件で相談に乗ってもらう」

顔を出したしなに実之介が言った。

「なにがあっても明け方まで障子を開けちゃいけないぜ」

庸は言った。

しなは不安そうな顔をしたが、肯いて障子を閉めた。

庸は懐から護符を一枚取り出して、裏をぺろりと舐めて障子の縁に貼った。

実之介は一番奥の障子を開けた。六畳の座敷である。

手燭の火を行灯（あんどん）に移し、実之介は庸と松之助に座るよう促した。

庸は護符を一枚松之助に渡して、「梁（はり）に貼ってくれ」と言った。

松之助は、さっき庸がやったように護符の裏を舐めて背伸びをし、梁に貼った。

「これで、犬が幽霊だったとしても入って来られねぇ」

「湊屋は呪（まじな）いもするのですか？」

実之介は梁からぶら下がった護符を見上げる。

「知り合いの生臭（なまぐさ）坊主からもらって来たんだ」

庸は座って、脇に置いた布包みをポンポンと叩いた。

「あの――」と、隣室の襖の向こうから、しなの声がした。

「厠へ行ってもよろしゅうございましょうか？」

「子の刻までは大丈夫だぜ」庸は答える。

「子供たちはどうした？」

「寝ておりますので大丈夫だと思います」

「念のために子供たちの部屋にいてくれねぇか」

「承知いたしました」

返事の後、隣室の障子が開く音がして、足音が厠へ向かった。

子の刻が近づいた。

庸は瑞雲から渡された布包みを開いて木箱を出した。蓋を開けると木の栓をした小さな水差しと、燈明皿。小さな竹の鑷子（ピンセット）が収められていた。

「それは？」

実之介が訊く。

「幽霊を見るための道具だ」

庸が答えた。

「嘘だって言ったじゃないですか！」

松之助は悲鳴を上げた。

「お前ぇが泣きそうだったからさ」

「幽霊を見るための道具なんて、そんなものがあるのでございますか？」

　実之介は驚いた顔をする。

「藪之内の生臭坊主から手に入れた。人に得意不得意があるように、幽霊が見えるか見えないかは人によって違う。また、見え方も違ったりするらしい」

「その道具はそれを補うってわけですか」松之助が口をへの字にする。

「なんだか、ありがた迷惑な道具ですね……」

「松之助には犬の鳴き声が聞こえず赤い目も見えなかった。だから犬の幽霊だと言った。一方、おいらや実之介さんは鳴き声を聞いたし目の光も見ている。ならば、今夜現れる犬の姿が、おいらと実之介さんに見えて、松之助に見えなければ、それは犬の幽霊。また、おいらたちにも、その姿までは見えねぇかもしれない。そう思って生臭坊主に相談したのさ」

「犬の幽霊だとしたら、なぜわたしの家に出て来るのでしょう」

「さぁな。生臭坊主も隠世（かくりよ）と現世（うつしよ）はまったく異なる理（ことわり）で動いていると言ってた。これといった理由はないのかもしれない」

「ふらふら漂って、たまたまここに来たら、自分を見つけた人がいたからってことですか？」松之助は顔をしかめる。

「迷惑千万ですね」

「襲われたらどうしましょう……」

実之介は怖々言う。

「お札を貼ってるこの座敷まで逃げ込めば大丈夫さ。それにお札が無くても雨戸を破って入って来ることはなかったんだろ。こっちを襲う気はねぇだろう」

庸は水差しの栓を抜き、鑷子で中のものを引っ張り出した。五寸ほどの、薄い桃色をした紐状のものである。

「なんです？　それは」

松之助はしかめっ面で後ずさる。

「干した蚯蚓（みみず）だ」庸も顔をしかめ、それを燈明皿に落とした。

「蝦蟇（がま）の脂に浸けている。土佐の辺りの呪法だそうだ。これを灯すと妖（あやかし）が見える」

水差しの中の油を燈明皿に注ぐ。

「松之助。今夜来る犬が見えなかったら、行灯の火をこっちへ移せ」

「わたしがですか？」

松之助のしかめっ面が酷くなる。

「それとも、雨戸を開ける役がいいか？」

「どっちも嫌ですが、先頭になるよりは、引っ込んでいるほうがまだしもです」

「じゃあ、頼むぜ」

庸は立ち上がって雨戸の前に立つ。実之介がその後ろについた。

松之助は行灯の側の火付け道具入れから付木を取った。付木とは、細く裂いた木片に硫黄を塗ったもので、火打ち石の火花などを容易に移せる道具である。

子の刻を知らせる鐘の音が聞こえた。

庸は雨戸に手をかける。

恐くないわけではない。微かに膝が震えている。だが、人に怖がっているところを見せるのは嫌だった。

特に、松之助がいる。

臆病をからかっている手前、自分がびくついていると知られるわけにはいかない。

実之介に『湊屋両国出店のお庸は、口ばっかりの臆病者』と思われれば、すぐにそういう評判が広がるに違いない。庶民は、『強い者が実は弱かった』という類の話が大好物なのだ。

庸はグイッと雨戸を開けた。

外は青黒い闇。けれど、生け垣や畑の様子はぼんやりと見えた。

正面の生け垣の影の中に、赤く小さい光が二つ。

目を懲らすが、犬の形は見分けられない。

「どうでぇ、実之介さん。犬は見えるかい？」

「はい、赤い光が二つ見えます」

「松之助は？」

「なんにも見えませんよ……」

松之助は震える声で答えた。

「じゃあ火を点けな」

庸が言うと、松之助はすぐに行灯の火を付木に移し、蚯蚓と蝦蟇の脂の燈明を灯した。

その瞬間、赤い目の周囲が青白く瞬いた。

「あっ……」

実之介が声を上げる。

庸はぐっと堪えた。

闇の中に滲む青白い光の中に、薄茶色の犬が姿を現した。毛が短く耳がピンと立ち、尾は左側にクルリと丸まっている。年を取っているのだろう、口の周りの毛が白い。

「権介(ごんすけ)……」

実之介は呟いた。

光る犬はその声を聞き、さっと縁側に駆け寄った。そして、その場に座り激しく尻尾を振る。

「権介？」

しなの声が聞こえて、障子が開く。しなは、実之介の後ろから、縁側の前に座る光る犬を見た。

「権介！」

しなはしゃがみ込んで手を伸ばす。しかし、指先は犬――、権介の頬の中に消えた。

「飼い犬だったのかい――」

庸が言った。

「数年前に死んだ犬でございます……」

実之介はしゃがみ込んで、権介に手を差し出す。権介は舌を出してその手を舐めようとするが、舌は実之介の手をすり抜ける。

権介は悲しそうに鼻を鳴らす。

「子供たちは呼ばなくていいのか？」

「物心つく前に死にましたから、覚えていないでしょう」

実之介は、掌を宙に浮かせて犬の頭を撫でた。

「けれど――」実之介は庸を見る。

「なぜ今頃、権介は出て来たんでしょう？」

「おいらは修法師じゃねぇから分からねぇよ」

庸は困って頭を搔く。

「きっと――」実之介は権介に目を戻す。

「お庸さんがさっき言った、隠世と現世はまったく異なる理で動いているってことに関わりがあるんでしょうね」

後ろから覗き込んでいる松之助が、「うん。きっとそうです」と言った。

「隠世から戻って来て、わたしたちに会いたかったろうに、しばらくの間拒んで申しわけなかったな。追い払おうとまでしてしまった……」

実之介は洟(はな)を啜った。

権介は実之介としなを見ながら、満足げに尻尾を振っている。

「権介はどうなるのでしょう……？」

しなが言う。

「と言うと？」

庸が訊き返す。

「このまま現世に残るのでしょうか？」

「それもおいらには分からねぇな。明日、生臭坊主に聞いて来らぁ」

「そうだ」実之介はしのを振り返る。

「権介は腹が減っているだろうから、飯と水をやろう」

「そうでございますね」

しなは言って台所へ駆ける。

実之介は庭に降りて座り込む。権介は甘えるようにその膝の上に乗った。

「重さがないなぁ……」

実之介は啜り泣いた。

権介は実体のない舌で実之介の涙を舐め取ろうとした。
しなが盆に丼を二つ載せて戻って来た。
実之介は権介を膝に載せたまま体を捻り、盆を受け取って、丼を地面に置いた。
権介はパッと実之介の膝を飛び下り、飯に味噌汁をかけたものに鼻先を突っ込んだ。
そして、戸惑ったように顔を離す。
いくら口を動かしても、餌が入ってこないのである。
しかし、もう一度丼に口をつけると、勢いよく口を動かし始めた。
丼の中の餌は減っていない。しかし、権介は無心に食い続ける。
しなも庭に降りて権介の側にしゃがむ。
「餌の精みたいなものを食っているんですかね」松之助が言う。
「仏壇に供える飯や菓子や水はあながち無駄じゃないってことですか」
「そういうことなのかなぁ」
庸はしゃがみ込んだ膝にひじを置いて頬杖をつきながら、権介に微笑を向けた。
権介は餌の丼から水の丼に口を移す。
水面は星空を映して波立ってもいないが、権介は勢いよく水を飲む動きをしている。
やがて、満足したのか権介は丼から口を離し、何度か舌舐めずりをしてお座りをし、
実之介としなに向き合った。
「なぁ権介」

実之介は優しく声をかける。

権介は強く尻尾を振る。

「行くべきところへ行け」

「旦那さま……」

しなはハッとしたように実之介の袖を引く。

実之介は微笑みながら、しなの指を解いてゆっくり肯いて見せた。

「このままここにいれば、なにか悪いモノに引っ張られるやもしれぬ。極楽の蓮池の周りをのんびりと散歩して暮らせ。わたしもしなもそっちへ行ったら、かならずお前を見つけるから。そうしたらまた一緒に暮らそう」

その言葉の意味を理解しているのか、していないのか、権介はつぶらな瞳で実之介を見つめたまま尻尾を振り続けている。

権介の体を包む光が薄くなっていく。

庸は振り返り、蚯蚓の燈明を見る。脂はまだ切れておらず、灯火(ともしび)は揺らぎもせずしっかりした形を保っている。

「権介……」

実之介が囁くように言った時、青白い光と共に、権介の姿が消えた。

しなが啜り泣く。

実之介は涙に濡れた顔を庸に向ける。

「これで、解決でございましょうか？　権介は隠世に戻って、もう現れないので？」

庸はもらい泣きしそうなのを堪えながら、

「だから、おいらには分からないって」

と答えた。

「それじゃあ、こういたしましょう」松之助が言う。

「わたしたちは小猿の面を返してもらい、両国出店に戻ります。もし、明日の晩も権介が現れたらお知らせください。藪之内の瑞雲さまにご相談いたしましょう」

「それがいいな」庸は肯いて実之介に顔を向ける。

「どうでぇ？」

「分かりました」

実之介は立って膝の土汚れを払い落とし、人形を取り上げると小猿の面の紐を解いた。着物の袂で埃を落とし、差し出された松之助の手にそれをそっと置く。

しながら座敷に上がって木箱と風呂敷を持って来る。松之助は箱に面を収めて風呂敷で包んだ。

庸は蚰蜒の燈明を消して、余った脂を水差しに戻し、木の栓を差し込む。

実之介としなは縁側に立って、さっきまで権介が座っていた場所を見つめていた。

庸と松之助は目で合図し合い、座敷を出た。

五

実之介の家から戻ると、松之助はそのまま両国出店に泊まり、翌日は一日手伝いをして本店に戻った。

翌々日の早朝。庸が店の蔀戸(しとみど)を上げているところに松之助が駆けて来た。

「おはようございます」

松之助は土間に入り、箒を取って外を掃く。

「今日はずいぶん早ぇじゃねぇか」

庸は貸し物にはたきをかける。

「本店の連中、出店に泊まってた間にお庸さんとなにかあったんじゃないかってうるさいんですよ」

松之助の言葉に、庸はサッと振り向き、鋭く言った。

「ちゃんと説明したろうな」

松之助は箒を止め、ニッと笑う。

「そういう噂、悪い気はしないんですけどね」

「おいらが迷惑するんだよ！」

庸ははたきを振り上げる。

「ちゃんと話しましたよ。みんなが納得したかどうかは分かりませんがね」

松之助はニヤニヤしながら箒を動かす。

「もう、絶対ぇ泊めねぇ」

庸は膨れっ面で板敷を水拭きした。

店の準備が整って庸が帳場に座った時、実之介が風呂敷包みを抱えてやって来た。

「どうしてぇ？　昨夜、また権介が出たかい？」

「いえ」実之介は微笑みながら首を振った。

「静かなものでございました。権介は今頃、極楽への道を駆けておりましょう――。ちゃんとお詫びとお礼を申し上げなければと思い」

実之介は「つまらないものでございますが」と、風呂敷包みを解いて菓子折りを松之助に預けた。

「気を遣わせて悪かったな」

庸は松之助から受け取った菓子折りを捧げ持ち、頭を下げた。

「ここで小猿の面を借りなければ、わたしは今でも権介を庭にほったらかしにして、寂しい思いをさせていたでしょう」

「どういう理で権介が出て来たのかは分からねぇが、二度と会えねぇはずなのに会えたってぇのは、羨ましい限りだぜ」

庸は両親のことを思い出しながら言った。

「僥倖（ぎょうこう）とはまさにこのことでございましょう」

「この出来事はたまたまだったのでございますから――」松之助は小声で言った。

「あんまり言いふらさないでくださいよ。亡くなった者と会えるようになる呪物を貸せなんて客が来たら困りますから」

「分かっております――。では、これで失礼いたします」

実之介は言って頭を下げ、土間を出た。

「なんかあったら、遠慮なく声をかけてくんな」

庸は実之介の背中に言った。実之介はくるりと振り返り「その時には必ず」と言ってもう一度お辞儀をし、歩いて行った。

庸は帳面を開く。そしてふと思った。

幽霊が関わることなのに、なぜおりょう姉ちゃんは助言してくれなかったんだろう――。

「これもまた、隠世の理ってやつかなぁ……」

「え？　なんです？」

と奥へ入ろうとしていた松之助が訊く。

「いや――。今日も面倒な客の来ねぇ一日ならいいな」

「ほんと、左様でございますね」

松之助は軽やかな足取りで納戸へ向かった。

庸は目映い陽光が降り注ぐ戸外に目をやった。

ニイニイ蟬の声の中に、クマ蟬の声が混じっていた。

「ああ、真夏になるんだねぇ」

呟いて、庸は帳場机に頰杖をついた。

つぐらの損料

一

　青空に真っ白な入道雲が伸び上がり、家々の影が地面に濃く焼き付く盛夏。

　クマゼミやツクツクボウシの声が喧しい矢ノ蔵の脇の道を、見知った男が二人歩いて来るのが見えた。

　庸が小さく手を振ると、男も手を振り返した。

　葭町の蔭間長屋に住む綾太郎である。隣を歩く男とは話をしたことはなかったが、同じ長屋の住人であった。確か作治と呼ばれていた気がする。

　作治は〈つぐら〉を抱えていた。

　〈つぐら〉とは、飯櫃の保温や赤子の寝床として使われる藁の器である。

　庸は眉根を寄せる。

　土間で貸し物の埃を雑巾で拭っていた松之助が二人を見て、

「ご飯でも振る舞ってくれるんですかねぇ」

と言った。

　その時、微かに赤子の泣き声が聞こえた。

「中身は飯櫃じゃなくて赤子ですね。誰の子でしょう？」

　松之助が首を傾げる。

「さぁ――。養子でも取ったかな」

「誰かが産ませた子供だとか」

「まさか」

「でも、体は男なんだから」

「そういうことはよく分からねぇよ！」

庸は顔を赤らめて乱暴に言った。

綾太郎と作治が店の土間に入る。赤子の泣き声が店の中に響き渡る。

綾太郎は庸の顔色を見て、クスッと笑った。

「この赤子のことで、色々と想像したかい？」

「なに言ってやがる！　それで、なんの用でぇ？」

庸は声を大きくして誤魔化そうとした。

赤子の泣き声が大きくなった。

「ほれ、お姉ちゃんがおっ恐ねぇんだとよ」

綾太郎は〈つぐら〉の中の赤子を見ながら言った。

「す、すまねぇ……」

庸は慌てて言った。

「腹が減ってるんです」作治が言う。

「この辺りで乳を分けてくれる人はいませんか？」

「わたしが行って来ます。横丁のちせさん、三人目を産んだばかりですから」

松之助が雑巾を置いて走り出した。

「その赤ん坊、どうしたんだ？」

庸は訊いた。

「うん――。それを聞いてもらいに来たんだ」

綾太郎はこめかみを掻いた。

「実は昨夜――」

作治は子細を語った。

作治はふと目覚めた。葭町の蔭間長屋である。

部屋の中はまだ真っ暗であった。

変な刻限に目覚めたね――。

もう一度目を閉じた時、その声が聞こえた。

赤子の泣き声である。

蔭間ばかりの長屋に赤子はいない。

近くに若い夫婦が住む長屋はあるが、こんなにはっきりと声は聞こえない。

作治の部屋は木戸の側。赤子の泣き声は木戸の辺りから聞こえてくるのだ。

作治はばっと飛び起きると、外に飛び出した。

ほぼ同時に、三人の蔭間が部屋から顔を出した。綾太郎と締造、吉五郎である。わずかな月明かりの中、互いの顔を見合わせる。外に出ると赤子の泣き声はよりはっきりと聞こえた。

男たちは木戸のところへ走る。遅れて出て来た二人の蔭間が、手燭を持って駆けつけた。継太と敏造。二人とも二十代半ばである。

六人の男たちは木戸を開けて通りに出ると、二つの手燭に照らされた木戸の根方を見た。

〈つぐら〉の中で、綿入れにくるまれた赤子が泣いていた。

作治がさっと手を出して赤子を抱き上げ、あやす。しかし赤子は泣きやまない。

「近所迷惑だ。中へ連れて行こうぜ」

綾太郎が言って自分の部屋へ走る。

締造が〈つぐら〉を抱え、継太と敏造が手燭で足元を照らし、吉五郎が木戸を閉めた。

作治は、赤子を抱いて綾太郎の部屋に入った。綾太郎は夜具を片づけ、行灯を灯す。

「腹が減ったか？　襁褓（おしめ）が濡れたか？」

作治は赤子を揺すりながら腹の辺りのにおいを嗅ぐ。

「襁褓だ、襁褓だ」

作治は、畳んだ夜具に赤子を置いて、綿入れと肌着、襁褓を開いた。赤子は男の子であった。

「誰か襁褓――、持っているわけねぇか」

作治は困った顔で綾太郎を見る。

「今夜は褌でなんとかしろ」

綾太郎は柳行李の中から褌と手拭いを出して作治に渡す。

昔、幼い兄弟の世話をしていた作治は襁褓替えはお手のものであった。

継太が盥を持って来て襁褓を入れ、井戸端に走る。

作治は赤子の尻の汚れを拭い、褌と手拭いで即席の襁褓を当てる。肌着と綿入れを戻すと落ち着いたようで、赤子は眠り始めた。

作治は赤子を〈つぐら〉に入れる。

男たちは〈つぐら〉を囲んで大きく溜息をついた。

「捨て子だな――」

「うん、捨て子だ」

綾太郎が言う。

作治は赤子を見つめながら肯いた。

「どうする?」

吉五郎が訊く。二十代半ばの優男である。

「なぁ」作治が囁くような声で言った。

「子供が欲しいと思ったこと、ないか？」

「そりゃあ――」締造がこの上なく優しい目で赤子を見下ろした。

「ずっと思い続けていたさ」

「おいおい」綾太郎が眉根を寄せる。

「変なこと考えるんじゃないぞ」

「なんでだよ、綾の字」作治が唇を尖らせる。

「こいつぁ、神様が授けてくれたんだよ。欲しくても子供を産めねぇおれたちを憐れんでさ」

「捨て子は御法度だ」吉五郎が言う。

「それを拾って育てたら、こっちにも難が降りかかるかもしれねぇ」

「捨て子を拾って育てれば、褒めてもらえるさ」

作治は首を振る。

「もしかするとご褒美も出るかもしれねぇぜ」

敏造が揉み手をした。

「乳はどうする？」吉五郎は自分の胸に手を当てる。

「おれたちゃ、飲ませようにも乳が出ねぇ」

「もらい乳をすりゃあいい」

敏造が言った。

「駄目だ、駄目だ」綾太郎は首を振る。

「百歩譲っておれたちが育てたとしよう。物心ついた時、『おっ母さんはどこ？』と訊かれたらなんて答える？」

「うん……」

作治は口ごもる。

「この長屋に、ほかに子供はいない。ほかの長屋の子と遊ぶことになる。その子らは、この子が蔭間長屋の子だと知れば――」

「虐めるだろうな」

吉五郎は苦い顔をした。

「年頃になって、嫁を取る時だって、相手の親はいい顔をしねぇだろう。これから先々、ずっと生き辛ぇ人生になるって分かっているのに、それでも育ててぇって言うのかい？」

綾太郎の言葉に、作治は俯く。

綾太郎はさらに続ける。

「この子が男の体に男の魂が宿ってたとしよう。だけど、おれたちに育てられりゃ、少なからず影響を受けるだろう。本当なら女を好きになるはずが、おれたちのせいで男を好きになるようになったら――。おれたちとは逆の苦労をすることになる。おれたちの多くは、女が好きだと思い込んで育った。それが間違いだったと気づいた時の衝撃を覚えているだろう？」

作治の目から流れた涙が、鼻の頭に溜まって滴った。

「綾太郎……」吉五郎が口を挟む。

「そんなに追いつめちゃあ、作治がかわいそうだよ」

「おれたちは……」作治がぼそっと言う。

「人並みの幸せを求めちゃいけねぇのかい？」

「そうは言ってねぇよ。だけど、人並みの幸せの幾つかは諦めなきゃならねぇんだよ」

洗った襁褓を入れた盥を抱えた継太が戸口で悲しそうな顔をする。

「じゃあ、その子をどうするんだい？　どこかに捨てて来るってのかい？」

「いや」綾太郎は〈つぐら〉を顎で指す。

「持ち主の名前が書いてある」

「親に返すってのかい？　名前があったって、どこに住んでいるかは分かるめぇ」

言いながら、作治は〈つぐら〉の横を覗き込んだ。

そこには墨で黒々と、〈湊屋(みなとや)両国出店(でだな)〉とあった。

❖

「それで――」綾太郎が話を引き継ぐ。

「お庸ちゃんに知恵を借りに来たのよ」

赤子は、松之助が連れて来たちせの乳に吸いついている。

庸は帳簿を捲る。

「この〈つぐら〉は一昨日貸したものだ。借りてったのは瀬戸物町の文造店（長屋）のひさ。損料は十日分払ってる。どうせ在所や名前は嘘っぱちだろうがな。ちくしょう。貸し物を捨て子なんかに使いやがって」

舌打ちをすると、庸は帳簿を閉じて綾太郎に顔を向ける。

「で、どうするつもりだい？」

「それを相談したいんだ」綾太郎が言った。

「長屋の連中は、奉行所に届けようって奴が半分。自分たちで育てたいって奴が半分」

「奉行所に訴えれば、この子を捨てた女はとっ捕まえられるだろうな」

と庸。すぐに松之助が、

「生類憐愍の儀、疎かに扱うことあれば、後日聞こえそうらえども、詮議の上、きっと曲事（違法）たるべくそうろう――。とかなんとかお触れが出ておりますからね。捨てた本人はおろか、町の名主や町年寄、五人組まで処罰されるはずですよ」

生類憐愍の儀――、いわゆる〈生類憐みの令〉が布かれた時代である。子供はもちろん犬、牛馬を捨てることを固く禁じている。

　五人組とは幕府が命じてつくらせた組織で、隣近所の五軒を一組として、お互いの悪事の取締りや結婚や借金の立ち会いなどを義務としたものである。五人組から犯罪者が出た場合は連帯責任を負うことになっていた。

「だけどよう――」庸は片眉を上げて顎を撫でる。

「養いかねる子細があれば申し出るようにってお触れもあるじゃないか。お上がなんとかしてくれるんじゃねぇか？」

「町で養えとか、五人組で養えとか言われるんじゃないですか？」松之助は肩をすくめた。

「だって、そういったお触れってたびたび出てるじゃないですか。守らない連中が多いからですよ。蚊を殺した侍が切腹とか、犬を捨てた町人が斬首とか、聞こえてきてます。子を捨てたら、どんな罰があるか」

　それを聞いて作治の顔が強張った。

「やっぱり、奉行所には訴えられねぇよ」

「でも」松之助が言う。

「子を捨てたんですよ。皆さんが見つけなきゃ、死んでたかもしれない。そんな親には重い罰が与えられてしかるべきです」

「死なねぇように、長屋の木戸に置いてったんだ」

綾太郎が言う。

「一番の解決法は、捨てた母親にその子を返すことだろうが――」

庸は腕組みして顎を摘む。

「おれもそう思うけど、見つけるのは至難の業だぜ」

綾太郎も腕を組んだ。

「それに――」赤子に乳を与えていたおかみさん――、ちせが口を挟む。

「どうしようもない理由があってこその子捨てだろうからねぇ。返されても母親のほうも困るだろうよ」

「じゃあ、どうしたらいいと思う?」

庸は訊いた。

「さぁねぇ。子を捨てなきゃならない理由を解決しないことには返されても困る。けれどどうしても解決できないものもあるからねぇ。子供が嫌いで捨てる親もいるし」

「そんな親がいるのかい?」

「いる、いる。けれど、ここから〈つぐら〉を借りて、この人たちの長屋の前に捨てたんなら、子供のことを考えてるね。昼間は暑いけど、夜は冷え込む。赤子が風邪を引かないようにって、〈つぐら〉に入れたんだろうから」

「ふーん。そうか」庸は肯く。

「だったら、様子を見に来るかもしれねぇな」

「なるほど」

綾太郎はぽんと膝を叩き、土間に飛び下りた。

「ちょっと長屋に戻って来るぜ」

と言いざま、外に飛び出した。

「綾の字！　綾太郎！　どうしたんでぇ！」

作治は腰を浮かせて叫ぶ。

赤子はびっくりした顔をして乳房を離し、作治を見たが、大きなげっぷをすると、眠そうな様子でちせを見上げた。

「でかい声を出すんじゃないよ。猫と赤子は大工が嫌いなんだ」

ちせは恐い顔で作治を見る。

作治は首をすくめた。

大工が嫌いとは、大きな音を出す者が嫌いという意味である。

「ウチでもよくそういうことを言ってたよ」

庸はクスクスと笑う。庸の亡父は大工の棟梁であった。

「綾太郎は見張りを立ててるつもりなんだろうよ」庸が言う。

「この子の母親が様子を見に戻って来るのをな」

「なーるほど。母親が来たらとっ捕まえるってことか」

「捕まえるか、後を尾行て身元を確かめるか——。この子は見てやるから、お前ぇひとっ走りして、綾太郎に母親を尾行るように言ってくれ」

「分かった」

作治は、ちせに「すぐに戻るからよろしく頼まぁ」と言って店を飛び出した。

「蔭間ってのを――」ちせは眠った赤子を抱いて、作治を見送る。

「間近に見るのは初めてだけど、気のいい連中だねぇ」

「おいらも関わったのは最近だけど、そこいらの男より付き合いやすいぜ」

「お庸ちゃんは、そこいらの男と付き合いなよ」

ちせは苦笑する。

「そのうちにな」

「そんなこと言ってると嫁に行きそびれるよ」

「てやんでぇ。江戸は女より男のほうがずっと多いんだ」

「あんたに敵う男はずっと少ないよ」

「それはそうかもしれねぇな……」

「でも」ちせは小首を傾げる。

「最近、お庸ちゃん、ちょいと大人しくなったんじゃないかい？」

「それよ、それよ」

と言いながら、隣の煙草屋の孝吉と峰夫婦が顔を出した。

「ほんと近頃娘らしい様子が出てきたんだよな」

孝吉は腕組みしながら庸を見る。

「なにやってんだい。商売はいいのかい」

庸はしかめっ面をする。

「赤ん坊の泣き声が聞こえたから、覗きに来たんだ。それ、まさかお庸ちゃんの子じゃあるめぇな」

「なに言ってんだよ」峰が孝吉の月代を叩く。

「お庸ちゃんのお腹が大きくなったことなんかなかったじゃないか」

「そういえばそうだな」

孝吉は叩かれた月代を撫でた。

「だけど、娘らしくなったってことは、いい男が出来たんじゃないのかい？」

峰はニヤニヤと庸を見る。

「やかましぃやい！　さっさと店に戻って煙草でも刻みな！」

庸は算盤を振り上げ、投げつけるふりをした。

孝吉と峰は戯けたように悲鳴を上げて、土間を出て行った。

二

綾太郎は長屋の屋根に腹這いになって、往来の人々を見張っていた。すでに作治から庸の言伝を聞いていて、綾太郎が女の後を追ったならば、念のために吉五郎が屋根に上って見張りを続けることになっていた。

昼近く——。

藍の子持ち縞の着物を着た、若い女が長屋の木戸に歩み寄った。

綾太郎は屋根からそっと顔を出して女の様子を窺(うかが)った。

女は木戸の前に立ち、長屋を覗き見ている。

通行人の目も気にしているようで、誰かが歩いて来るとサッと木戸を離れ、なに食わぬ顔で歩き、再び戻って来る。

あの子の母親に違いねぇ——。

綾太郎は手に持った擂(す)り粉木(こぎ)で屋根板を叩く。

すぐに真下の部屋の腰高障子(こしだかしょうじ)が開いた。

締造が盥を持って出て来た。

「おれは襁褓を洗うから、お前は乳をくれる女を捜して来い」

と、部屋の中にぎこちない口調で声をかける。

「まったく、子を捨てるなんてふてぇ野郎だ」

棒読みでぶつぶつと言いながら、井戸のほうへ向かった。

「大根役者」

綾太郎は苦笑する。

締造の言葉は、やって来た女を安心させるための打ち合わせた台詞であった。

木戸から中を覗いていた女は、井戸端で水を汲む締造に手を合わせて、足早に立ち去った。締造の下手くそな演技を真に受けてくれたらしい。

綾太郎は屋根から飛び下りる。

部屋から吉五郎が出て来て、横たえてあった梯子を屋根にかけ、上った。

「よろしく頼むぜ」

綾太郎は屋根の上の吉五郎と井戸端に立ち上がった締造に手を振ると、女を追った。

庸は赤子をちせと松之助に任せ、店を出た。

偽りだとは思ったが、女が書いた在所を訪ねてみようと考えたのだった。

横山町の通りを、真っ直ぐ進み、大伝馬町一丁目の辻で左に曲がって堀にかかる道浄橋を渡った。

右の小路に入ろうとした時に、ぐいっと肘を摑まれて建物の陰に引き込まれた。

「なにしやがんでぇ……」

と怒鳴る口を掌が塞いだ。

綾太郎が人差し指を口元に当てて、庸の顔を覗き込む。

「お前ぇ、こんなところでなにしてるんだ？」

庸が咎めると、綾太郎は、

「母親らしい女を追って来たのよ」

と言って、顎で通りを指す。

子持ち縞の着物の若い女が俯き加減で歩いてくる。

女が潜んでいるところを通り過ぎると、庸と綾太郎はその後を追った。

「このまま進めば瀬戸物町だぜ」

庸は綾太郎に囁く。

「お庸ちゃんとこの帳簿に書いた在所と名前、嘘じゃなかったのかもしれねぇな」

その言葉通り、女は路地の長屋へ入っていった。木戸には小さな板きれに〈文造店〉と書かれていて、梁の名札には〝ひさ〟という名もあった。

「さて、お庸ちゃん。どうする？　乗り込んでとっちめるかい？　あの女、蔭間長屋の連中を陰から拝んでたぜ」

「そうかい……」

庸は、一番端の腰高障子を開けて入る女を見ながら唇を嚙んだ。

あの赤子と母親をどうするのが一番なのかまだなにも思いついていない。

どういう方法でも結局は手詰まりになってしまうのではないか――。

ちせの言葉が蘇る。

『子を捨てなきゃならない理由を解決しないことには返されても困る。けれどどうしても解決できないものもあるからねぇ。子供が嫌いで捨てる親もいるし――』

「まずは、理由を聞いてみようぜ」

庸は女が入った部屋に向かって歩く。

腰高障子の前で少しためらい、叩いた。

「はい」中から怯えたような若い女の声が聞こえた。

「どちらさまですか？」

「湊屋両国出店の庸だ」

庸は名乗ったが、中からの返事はない。

「開けるぜ」

腰高障子を開けると、四畳半ほどの畳も敷かない板敷に身を縮めるようにして座る女が見えた。〈つぐら〉を借りて行った女だ。

板敷には柳行李が一つ。枕屛風（まくらびょうぶ）の向こうには夜具が置かれているのだろうが、それ以外の家財道具はなかった。水屋には椀が二つ三つ。鍋や釜の類は見あたらない。

「貸した〈つぐら〉はどうした？」

「それは……」

女は俯く。

「おひささん」と、庸は帳簿の名前で呼ぶ。

「お前ぇさんに貸したはずの〈つぐら〉、ひょんなところからの拾い物ってことで、ウチに届いたんだ。説明してもらおうか」

女は俯いたままなにも言わない。

「ふざけるんじゃないぜ！」

庸は怒鳴った。

女の体がビクリと震えた。

「あれはウチの貸し物だ。大切な物なんだ。自分では買えねぇ母親たちが、子供のためになけなしの金を出して借りて行く。それをほっぽり出すたぁ、どういう了見だい！」

「申しわけございません！」

女は床板に額を擦りつける。

「なにがあった？」

外で声がして、長屋の者たちが集まって来た。

「借金取りか？」

腕っ節の強そうな若者が、綾太郎に詰め寄る。

「悪いな」庸は外に顔を出す。

「ウチがおひささんに貸した〈つぐら〉を拾ったって奴が来たんで、事情を聞きに来たんだよ」

「あっ、お庸ちゃん」

声を上げた男が二、三人。いずれも両国出店から褌を借りている者たちであった。

「常連さんがいるんなら話が早ぇ。貸し物を粗末に扱った理由を聞いているだけだ。ご存じの通り、おいらは口が悪いんでね。騒がしくしてすまねぇが、すっこんでてくんな」

「お庸ちゃん……。おひささんには深い事情があるんだよ」

常連の一人が言った。

「ふん。そりゃああるだろうな。自分の子を捨てるくれぇのな」

ひさは驚いた顔を上げ、長屋の者たちはハッとした表情をする。

「お前ぇたちは知ってて、なんで助けなかった?」

庸は外に出る。

長屋の者たちは後ずさる。

「我が子を捨てるなんてよっぽどのことだ。お前ぇたち、同じ長屋に住んでいながら、助けてやらねぇなんて、薄情じゃねぇか!」

「助けてやれることとやれねぇことがあるよ……」

別の常連が言った。その陰に隠れるようにしている女房らしい女が口を開く。

「あたしらは逆さにしたって鼻血も出やしないよ。三十両なんて大金、用立ててやれるわけないじゃないか」

「三十両?」

庸と綾太郎は同時に聞き返す。

「死んだ亭主の借金です」

ひさが答えた。

庸はひさを振り返る。

「なんの借金だ？」

「博打（ばくち）です」ひさは溜息交じりに言った。

「借金だけ残して、病で死にました。指物師（さしものし）でいい腕をしていたんですが――。道具や家財道具も全部取られて、残った借金は体で払うことになりました」

「体でって……」

庸は顔を歪める。

「岡場所に売られるんです。身の回りの整理をするために日にちを頂いて……。わたしにも亭主にも親類縁者はなく……」

「それで子を捨てたってかい」綾太郎は睨むように長屋の住人を見回す。

「お前ぇらの誰かが育てるって手段はとれなかったのかい？」

「できるんならしてやるさ。あたしらもカツカツで暮らしてるんだよ……」

亭主の後ろに隠れた女が言った。

「それによう」住人の男が言う。

「子捨ても禁じられてるが、同じお触れで博打も禁じられてるだろう。そんなに罪が重なりゃあ、どんなお咎めがあるか……」

「蔭間長屋の皆さんは子供を欲しがっていると小耳に挟んだことがあって――」

ひさが言った。

「狙い撃ちかい」綾太郎は苦笑する。

「だけどよう、おれたちが育てたんじゃ、虐められるぜ」

「和吉と心中をするよりはましでございます」

ひさはさめざめと泣く。長屋の住人も「情けねぇなぁ」と言いながら泣き出した。

「あの赤子、和吉っていうのかい……」

庸は溜息をつく。

「どうする？　お庸ちゃんよぉ」

情けない顔で綾太郎が庸を見た。

「手詰まりだな――。一旦、持ち帰ろうぜ」庸はひさに目を向ける。

「借金取りが来るのはいつだ？」

「明後日でございます」

「明日一日あるか。なんとかいい方法を考えるから待ってな」

と言ってはみたが、今のところなにも思いつかない庸であった。

三

ひさの元を借金取りが訪れる日の朝。

庸は新鳥越町の湊屋本店(ほんだな)を訪れた。

裏庭の離れで、囲炉裏(いろり)を挟み、清五郎(せいごろう)と向かい合い、事情を話した。清五郎の後ろには半蔵(はんぞう)が控えていた。

「――なるほどな。それで三十両を借りに来たかい」

清五郎は微笑する。

「いえ」庸は首を振った。

「大切な貸し物を子捨てに使われたことの顚末を報告に参ったのです」

「ほぉ。解決したかい」

「はい――。それで正しかったのかどうか、分かりませんが、この件に関わった者たちが、出来る限りのことをしました」

「なぜ三十両を借りに来なかった?」

清五郎は微笑んだまま訊く。

「第一に、わたしはすでに清五郎さまに借りがあって、そのために両国出店で働くことになりました。その借りを返し切れていない上に三十両を借りれば、いつ返し終えられるか分かりません」

「なるほど」

清五郎はニヤリと笑った。

「第二に、借りに来ればきっと、三十両でケリがつくのかい？　と訊かれると考えました」

「なるほど。おれがそう訊いたら、お前はどう答えた？」

「迷いました」

「なにを迷った？」

「もしかすると、清五郎さまにおひささんを三十両で買ってくれと相談すれば、応じてくれるやもしれないとも思いました。おひささんは、湊屋で働きながらそれを返す――。けれど、次に同じことがあったらどうするのかと思い返しました。そして、さらに次、その次と」

「同じようなことはそう何度も起こるまい」

半蔵が言った。

「江戸に住む町人の多くが貧乏人。その日を暮らすのに精一杯。もし湊屋両国出店は金を出してくれるとなれば、大勢の者たちが押し掛けましょう。結局、同じようなことが何回も繰り返されることになります。そう思いついて、清五郎さまに金を借りに来ることは諦めました」

「金で解決することは諦めたか」

「わたしの懐でなんとかなる額であれば金で解決することもありましょう。けれど、身の丈に余ることはしてはならぬと考えました」

「なるほど。では、先を聞かせてくれ」

清五郎は促した。

庸と綾太郎はひさの長屋から両国出店に戻った。

浮かない顔をしている庸に、松之助は「どうでした？」と訊いた。

ちせは〈つぐら〉に入れた赤子――、和吉をあやしている。

「うん――」

庸は文造店での出来事を語った。

「そうですか――。どうします？」

「どうするかなぁ……」

庸は溜息をつきながら帳場に座った。

そこへ、草履の音を響かせ、息せき切って土間に飛び込んで来たのは、ひさであった。

「どうしてぇ、おひささん」

庸は腰を浮かせた。

ひさは土間に立ったまま膝に両手を置き、背中を丸めて息を整える。

松之助が水を取りに走った。

落ち着いてきたひさは顔を上げる。板敷の〈つぐら〉に目が向き、ハッとした表情で目を逸らす。

「先ほどは失礼いたしました――。わたしがなんとかしなければならないのは、和吉と三十両でございます。三十両は、わたしが身を売ればすむ話です。けれど、身を売った後の和吉をどうすればいいのか分かりません。和吉の身の振り方を、なにとぞ考えてくださいませ」

「だけどよう。身を売るのは……」

庸は言ったが、ならばどうすればいいのか分からない。

「世の中の女たちは、家が窮すれば身を売ります。そういう話は当たり前に転がっています。一家心中という話もざらにございます。わたしはどうなっても構いませんが、和吉だけはなんとか生き延びて欲しい……」

ひさは土間に頽れた。

松之助が駆け寄り、水を満たした湯飲みを渡した。

「爪に火を灯すようにして暮らす奴らは多いからねぇ」ちせが溜息交じりに言う。

「袖振り合うことに他生の縁があるってんなら、この子――、和吉に乳を上げたことめた。

庸、綾太郎、松之助は、ちせが解決の一言を言うのではないかと期待しながら見つめた。

ひさはちせの言葉の先を読み取る余裕もなく、湯飲みの水を少しずつ啜っていた。

「ウチには三人の子がいる。三人が四人になっても屁でもない。亭主は左官であたしは仕立てをしてる。なんとか食わせていけるよ」

「ってことは、ちせさんが和吉を養ってくれると？」

庸は身を乗り出す。

ひさはサッと顔を上げて目を見開くが、声が出ない。

「そうさ」

ちせが答えた時、和吉が泣き出した。

ちせは和吉を抱き上げる。そして、

「こりゃあ、腹が減ってるんだね」

と言って立ち上がり、板敷の端まで歩き、ひさに和吉を差し出した。

「さぁ、最後に乳をお上げ。あんたも乳が張って辛かったろう」

ひさは涙に濡れた顔で肯き、立ち上がって震える手で和吉を受け取った。

「乳を搾って捨てる時、和吉にすまなくて、すまなくて……」

和吉を愛おしげに見つめながら、ひさは板敷に腰掛け、乳を含ませた。

和吉は無心に乳を吸い、ひさの目からは止めどなく涙が流れる。

「辛いことを言うけど――」ちせは厳しい顔になる。

「年季が明けても、母親だって名乗りに来るんじゃないよ。この子が苦しむだけだからね」

「分かっております」

ひさは、和吉が満足して乳首を離すと、一度だけその体を強く抱き締め、目を逸らしながらちせに差し出した。

ちせは涙を堪えながら和吉を受け取る。

ひさは素早く胸元を整えると、深々と頭を下げた。

「これで思い残すことはございません。本当にありがとうございました。和吉をよろしくお願いいたします」

「任せときな」

ちせは和吉を〈つぐら〉に寝かせながら応えた。

ひさは何度も頭を下げ、振り返り、振り返り、帰って行った。

庸は帳場で肩を落とし、長い溜息をついた。

松之助が心配そうにそれを見ている。

「しまったなぁ……」

庸がぼそりと言う。

「どうしました？」

すぐに松之助が訊く。

「〈つぐら〉は今返されたから、余計に取った損料を返さなきゃならなかった」

「わたしが行って返してきましょうか」

「いや」と言ったのはちせである。

「おひさきさんは、和吉への思いを断ち切って帰って行ったんだ。そこに湊屋の者が現れて〈つぐら〉の損料の話をすりゃあ、思いを揺らがせちまうよ。損料の分は、あたしが借りとくよ」

「うん。そうしてもらえれば助かるぜ」庸は言って帳場を立つ。

「本店へ行って、貸し物を子捨てに使われた顚末を話して来る。すまねぇが、松之助、店番を頼むぜ」

「――ということでございました」

「なるほど。お前ができる最善の始末をつけたわけだな」

「いえ――」庸は後ろ首に手を当てる。

「此度も色んな人に助けられましたが――、なんとも出来ないこともございました」

「まぁ、みんなそれぞれ出来ることをしたわけだからいいんじゃねぇか」

「そうですね。綾太郎たちとわたしは、母親と子供のために走り回り、ちせは子供を引き受け、ひさは亭主の借金を背負って岡場所に入りました」

「死んだ亭主だけ苦労をしなかったか」

半蔵が唇を歪めた。

「いいえ。亭主は病で苦しみ、借金をちせに残してしまったことを悔いて死んだのだと思います」

「うむ――。左様だな」

半蔵は肯いた。

「博打、子捨て、身売り――。御法度とされていることが、当たり前のように横行する世の中なのでございますね」

庸は小さく首を振る。

「まぁな。だがお庸、博打があるから溜まった鬱憤を晴らせる奴がいる。子を捨てて、あるいは身を売らせて命を長らえる家族もいる――。酷(ひで)ぇことの裏も知らなきゃならねぇってことも見えたろう?」

「はい。でも、貸せぬ力もあるということも学びました――。辛(つろ)うございます」

「無いものはねぇと豪語する湊屋でも、『あいすみません』と頭を下げなきゃならねぇこともある」

「御政道(ごせいどう)をなんとかしないかぎり、どうしようもないことがあることを学びました。

また、わたしのような者には難しすぎて分からないことではありますが、御政道についても、出来ることには限りがあろうなと思います」

「御政道にはまだまだ足りないところがある」

「そういうところは、分かっている方になんとかしていただかなければ」

「左様だな」

清五郎は苦笑して後ろ首を掻いた。

「お庸。お前はおれからの借りのために出店で働いていると言ったが、貸し物屋の仕事は嫌いか？」

「いえ」庸は強く首を振った。

「大好きでございます」

「ならば、こう考えてくれ。お前はもう借りを支払った。今は、おれから請われて出店で勤めているとな」

「請われて――」

「そうだ。おれはお前を信頼している。だから出店を任せている」

「信頼でございますか――」

庸の表情は嬉しさと物足りなさの両方を往き来した。

「さぁ、もう帰れ。貸し物を子捨てに使われたことについては、お前たちの働きに免じて不問としよう」

「ありがとうございます」

庸は立ち上がって板敷を降りた。

木戸口に向かって裏庭を歩いていると、夏草の香が庸の鼻をくすぐった。

盛夏の陽は強く降り注いでいたが、庸の心には小さな重く暗い塊があった。それはおそらく、生きている間消えることはなく、少しずつ大きくなっていくのだろうと庸は思った。

「えいっ」

庸はなにかを振り切るように気合いを入れると、夏草の匂いを胸一杯に吸った。少しだけ幸せな気分になった。

それは小さな重く暗い塊を優しく覆い隠した。

人はそうやって今日を、明日を生きる気力を奮い立たせるのだろう――。

庸は軽やかな足取りで木戸口へ駆け寄った。

ちびた下駄

一

吹く風が幾分涼しくなってきた。夜になると秋の虫がチラホラと鳴き始めている。細々(こまごま)とした物を借りに来る者たちとの毎日で、時として多忙を極めて日々の移ろいを見逃してしまうことがあったが――。

しかし、季節の変わり目は貸し物ではっきりと感じることができた。

この頃は、ひと夏使った蚊帳(かや)を返しに来る者が多い。

庸(よう)は、店の裏手で干した蚊帳を畳み、風呂敷に包んで納戸に運び込む仕事に汗を流していた。

帳場には松之助(まつのすけ)が座っている。去年からほとんど毎日、手伝いに来てくれている。給金は本店(ほんだな)から出ているので、主(あるじ)の清五郎(せいごろう)には、『申しわけないから』と、手伝いを断ったのだが、『まぁ、試しにもう少し二人でやってみろ』と言われた。

借り主の身元を調べる時に助かるのだが、いつまでも甘えてはいられない。しかし、両国出店(でだな)で雇うとなった場合、今の売り上げでは、松之助の給金を捻出するのは少々厳しい。

ならば、八割くらいはこちらで払いたいと申し出るのはどうだろう――。

などと考えているうちに、昨日返された蚊帳はすべて納戸に戻した。今年は蚊帳を借りに来る者が多く、足りない分は本店から持って来て賄った。今まで返された物の中にも本店の物が交じっていたが、それは別に置いてある。両国出店の納戸や物置に使っている部屋は手狭だから、本店から借りた物はこまめに返さないとすぐに一杯になる。

庸は裁付袴（たつつけばかま）の腰に挟んだ手拭いで汗を拭いながら、表に戻った。

「こっちは終わった。悪いが本店から借りたやつを持って行っちゃくれめぇか」

「やだなぁお庸さん」松之助は帳場を立つ。

「一言、『こいつを返（け）ぇして来い』でいいですよ」

「おいらも少しずつ大人になってるんだよ」

「だったら、〝おいら〟はおやめなさいまし」

「余計なお世話でぇ！」

庸はムッとして言い返す。

「誰が大人になってるんですか」

「松之助っ！」

庸に怒鳴られ、松之助は急いで納戸に走り、風呂敷包みを裏庭の荷車に運び込んだ。

そしてそれを引いて一旦店の前に止める。

「昼までには戻ります」

松之助は帳場に入った庸に声をかけた。

松之助の軽口に怒鳴り声で返すのは日常茶飯事で、犬猫がじゃれ合っているようなもの。本気で怒ったわけではない庸は、

「よろしく頼む」

と軽く手を上げた。

目を帳場机に戻すと、脇に置いた備前の壺に突っ込んだ数本の団扇(うちわ)が目に止まった。

「夏ももう終わりだねぇ」

そろそろ団扇も仕舞わなければならないなと思いながら一本取ってゆっくりとあおいだ。

「ごめんよ」

声がして、初老の男が入って来た。細面で白地に細い藍色の縞の、麻の着物を着流している。

月代(さかやき)は綺麗に剃っているのに髭面である。

「歯が磨り減った下駄(げた)はあるかい?」

男は訊いた。

「なんに使う?」

噂を知っての来店か、庸の乱暴な口調に顔色も変えず、

「芝居よ」

と答えた。

「芝居？」

「まぁ、芝居といっても奥山で小屋を掛けてる旅回りの芝居だがよ」

奥山とは浅草寺観音堂裏の、見世物小屋などが集まった場所のことである。

「ふーん。芝居の衣装かい」

「そうさ。今朝、使っていた下駄が割れてな。急いで借りに来たんだ」

「衣装なら小屋を掛けてる間は使うんだろ？　古道具屋で買ゃぁいいじゃねぇか」

「もう取り替えなきゃ本体のほうまで減っちまうっていうくれぇの歯の下駄が借りてぇんだ。古道具屋を探してもそんな下駄、ありゃあしねぇ。無い物はない湊屋ならあるんじゃねぇかと思ってよ」

「奥山で小屋を掛けてるんなら、本店のほうが近いじゃねぇか。なんでわざわざここまで来た？」

「近くに用事があってよ。そのついでに寄ったのさ」

　本店は大きく、大名や旗本の家来らの来店もある。手代の数も多く、気後れしたのでこっちへ借りに来るという客はたまにいる。

　しかし、庸は引っ掛かった。

　男の言葉遣いである。下町の者のような口調だが、使い慣れていないぎこちなさがある。

　旅芝居の役者だというから、土地に合わせて江戸の言葉遣いをしているのかとも思ったが、それにしてはお国訛りらしい抑揚が感じられない。

「ふーん。どんな用事だい？」

「面倒くせぇな」男は顔をしかめる。

「そんなことまで確かめるのかよ」

「借りて行った物を胡散臭ぇ目的に使う野郎がいるんでね」

「座長に菓子を買って来るように頼まれたのよ」

男は近くの菓子屋の名を言った。干菓子が有名な店であった。

「で、その菓子は？」

男が持っているのは縞の布の合切袋だけである。

「下駄を借りてから行くんだよ」

「そうかい――」

なんとなく怪しくはあったが、貸さない理由は見つからなかったので、庸は帳場を立つ。

すぐ裏の小部屋に、歯が減りすぎたので取り替えに出そうと思っていた下駄が三、四足置いてあった。その中から一番減っているものを取って、板敷に戻った。

「これでどうだい？」

庸は板敷に下駄を置いた。

男はそれを取り上げて歯を確かめる。

「ちょっと長ぇが仕方ねぇか」

「どうせ歯を取っ替えようと思っていた品だ。いい具合まで石で擦ってもいいぜ。まず鉋で削ってから石で潰したり擦ったりすれば、履き古したようになる」

「なんでぇ、古物に見せる技も知ってるのかい？」

「真新しい物は粋じゃねぇから使い古した物を借りてぇって奴もたまにいるからさ、新品を古く見せる技は色々試してるんだよ」

「ふーん。それじゃあ、新品の下駄の木地を古く見せるにゃあどうすりゃあいい？」

「そうさなぁ。薄墨を塗ってみりゃあいい。柔らかい古布に染み込ませて、叩くように少しずつ塗るんだ。それから鼻緒を緩く伸ばして、内側を擦っておく――。まぁ、舞台の上なら客はそこまで見やしねぇだろうがな。新品を古っぽく細工するより、古道具屋から古物を買って細工するほうが楽だぜ」

「なるほど。勉強になったぜ――」

男は明日返すと言って一日分の損料を払い、帳簿には奥山に小屋を掛ける一座の名前と、橋本真沙之丞という芸名を書いて店を出た。

尾行て素性を確かめたかった。松之助がいないから、隣の煙草屋に頼むしかない。けれど、煙草屋夫婦に迷惑をかけても素性を確かめなければならないだろうかという迷いもある。

まぁ、明日、返しに来た時の様子を見て、確かめるかどうか決めよう。

庸は溜息をついた。

二

翌日の朝、〝橋本真沙之丞〟が下駄を返しに現れた。

「助かったぜ。ありがとうよ」

真沙之丞は土間にいた松之助に下駄を渡した。

「舞台のほうはいいのかい？」

庸は帳場から訊いた。

「ああ。うちの小屋は一日交替で二本かけててな。おれの出番は明日だ」言って片眉を上げる。

「なんでぇ。まだ信用してねぇのか？」

「してないね。替わりの下駄は見つかったのか？」

「帰り際に古道具屋で買って、お前ぇさんに教わったように歯を細工するよ。明日までには間に合うだろう」

「そうかい。せいぜい頑張んな」

庸は追い払うように手を振った。

「じゃあな、世話になったたな」

真沙之丞は言って店を出た。

「後は頼んだぜ」

庸は素早く帳場を出て土間に降り、草履を突っかける。

「下駄は返ってきたんですから、もういいんじゃないですか？」

事情を聞いていた松之助は呆れ顔で言う。

「なぁ、松之助。人を知らなきゃいい商売は出来ねぇ。旦那はおいらに人を学ぶために、お前ぇを預けてくれてるんだと思うんだ」

「都合のいいように考えすぎです」

「おいらはそう考えてるんだよ。じゃ、行って来るぜ」

庸は外へ飛び出した。

真沙之丞は言葉通り、通塩町の古道具屋へ寄って古びた下駄を三足買った。

風呂敷包みを小脇に抱え、浜町堀を南に進む。

庸の疑いはますます濃くなっていく。

浅草に向かうなら、神田川を渡って北へ向かうはずである。ところが真沙之丞は南へ進んでいるのだ。

真沙之丞は橋を渡って、高砂町の小路を西に向かう。

浅草に帰る前にどこかへ寄って行くつもりなのか、あるいは旅回りの芝居の一座というのは真っ赤な嘘か――。

真沙之丞は堺町まで歩くと、一軒の小間物屋に入った。中から奉公人らしい声で「お帰りなさいませ」と聞こえた。

庸はなに食わぬ顔をして店の前を通り過ぎる。

奉公人を二、三人雇っている、そこそこの大きさの店であった。看板に〈小間物丸屋〉とあった。

役者というのは嘘であったようだ――。

庸は店の出入り口が見える小路に身を潜ませて唇を噛む。

奉公人から「お帰りなさいませ」と声をかけられるなら、店の主か番頭だろう。そんな奴がなぜ歯のちびた下駄など借りる――？

その時、後ろから肩を叩かれ、庸は飛び上がるほど驚いた。サッと振り返り、身構えるとそこに蔭間の綾太郎が若衆の格好で立っていた。

「お前ぇ、こんなとこでなにしてるんでぇ？」

庸は上擦った口調で訊く。

「そりゃあこっちの台詞だぜ。おれは長屋に帰ぇるところだよ。葭町はすぐそこだぜ」

「ああ、そうか……」庸は深く息を吸い吐きして、早鐘を打つ心の臓を落ち着かせる。

「そこの丸屋の旦那を知ってるか？」

「ああ。時々、櫛や簪を求めに行く」

「どんな男だ？」

「四十絡みで、まぁ普通の親爺だな。細面だから、十人並みよりちょっとましかもしれねぇが、おれの好みじゃない」

「お前ぇの好みなんざ訊いてねぇよ。丸屋には同じ年頃の奉公人はいるかい？」

「いや。若いのが二人。小間使いの娘が一人だ。政次郎さんがどうかしたのかい？」

「旦那は政次郎っていうのか――。あの髭は？　商売人なのに髭はまずかろう」

「おお。それはおれも訊いてみたことがある。頬っぺたから顎にかけて、肌荒れが酷ぇんだってさ。医者にしばらく髭は剃るなって言われたんだと困り顔をしてたよ」

「ふーん……」

筋は通るなと庸は肯く。

「政次郎さん、お庸ちゃんとこから変な物でも借りたかい？」

「歯がちびた下駄を借りて行った」

「歯がちびた下駄だぁ？　妙な物を借りたもんだな」

「だから調べてるんだ」

「酔狂だねぇ」

「どんな酔狂に使ったのか調べるんだよ」

「いや、酔狂だってのはお前ぇさんだよ」

「酔狂で調べてるんじゃねぇよ。お前ぇの件を忘れたわけじゃねぇだろう。鳥を見るって言って、お前ぇを見張ってた」

「遠眼鏡はそういう使い方も出来るが、ちびた下駄じゃあ、変な使い方は出来めぇよ」

「思いもかけねぇ使い方をしたかもしれねぇじゃねぇか」

「なんだい。もう返されたのか」

庸は手短に経緯を語る。

「――返されたんだったら、もういいじゃねぇか」

「ちびた下駄をどう使うのか知っておけば、次に同じように借りに来た奴を用心出来る。政次郎が三足もの下駄を買ったってことは、ちびた下駄を三足用意するってこった。つまり、一足駄目になったらすぐに替わりを履けるようにするってこった。こりゃあただの酔狂じゃねぇよ。それに役者の真沙丞だなんて嘘をついた」

「うむ、なるほど」綾太郎は腕組みして顎を撫で、小路から首を出して丸屋のほうを見た。

「手伝ってやろうか」

「お前ぇだって仕事があるだろう」

「今、たんまりと稼いで来たよ。ねちっこい旗本の爺ぃだから、財布ごとふんだくってやった」綾太郎は絹の分厚い財布を懐から出して、手の上で弄ぶ。

「しばらくの間は遊んで暮らせるんだ。暇つぶしにちょうどいいや」

庸は綾太郎の仕事の様子を想像してしまい、顔を真っ赤にした。

「そ、そうかい。暇なんだったら、頼もうか」

「で、なにを調べりゃあいいんだ？　店に乗り込んで『ちびた下駄をなんに使いやがった？』って訊くわけにもいかねぇだろ？」

「まずは人となりを調べてくれ。それからどこに出かけるか。下駄をどこで使うのかを知りてぇ」

「家の中で使うってことはねぇのかい？」

「使うかもしれねぇけど、家の中のことまでは調べられねぇだろうが」

「調べられるよ」

綾太郎は意味ありげに笑う。

「どういうこってぇ？」

「長屋には、盗人（ぬすっと）をやってた奴もいるんだよ。蔭間茶屋に押し込みを仕掛けようとして、蔭間に扮し茶屋の中の様子を探っていたが――。そのうちに自分には〝その気（け）〟があるって気がついた。それで盗人の足を洗い、ウチの元締の世話になった」

「色んな奴がいるもんだな」

「そうだよお庸ちゃん。世の中にはもっと色んな奴がいるんだ。お前ぇんとこの旦那も、色んな噂がある」

「清五郎さまはいい人だ！」

庸はカッとなって言った。

「そうムキになるなって。なにも悪い人だと言っちゃあいねぇよ。ちょいとからかってみただけさ。お庸ちゃんの怒る顔が見たくってね」

綾太郎はニヤニヤ笑って「かわいいぜ」と言った。

庸は真っ赤になり、「馬鹿野郎！」と、綾太郎の肩を叩いた。

「まずは、色々と手筈が必要だから、一旦長屋へ帰るぜ。お庸ちゃんは店に戻って知らせを待ちな」

「分かった」

庸は逃げるようにその場を去った。

「かわいいなぁ」

綾太郎は庸の後ろ姿を見送りながらもう一度呟いて、長屋のほうへ走った。

三

翌日から毎日、葭町の蔭間たちが、政次郎の動静を知らせに来た。政次郎がその日なにをしたかを話すだけでなく、板敷に座って松之助が出した茶を啜りながら半刻（はんとき）

（約一時間）ほども世間話をしていくのだった。

それでも、訪れるのは必ず客が途切れた時を見計らって、無駄話の途中で客が来ればそそくさと腰を上げた。

以前盗人をやっていたとかいう蔭間が探ったのだろう、家の中の様子も時折交じった。

蔭間たちの話によれば、政次郎は夫婦仲、まだ幼い子供との仲もよく、堅実な商売をしている。小間物を丸屋に納める職人たちの評判もいい。

欠点があるとすれば、几帳面すぎる性格であろうかとある蔭間が語った。

妻子や奉公人に強要することはないが、商品が少しでも曲がって置かれていると気になるらしく、しょっちゅう直し、着物の帯の位置や襟の位置も決まらないと何度か直すことがあるという。その程度、欠点とも言えないと庸は思ったが、下駄の歯の減り方を気にしていたのもそういう性格の表れだったのかもしれないと肯いたのだった。

結局、政次郎が旅役者だと偽り、下駄を借りたり古道具屋から買ったりしたことの理由は分からない。しかし、三足の古下駄を買ったからには、『もう取り替えなきゃ本体のほうまで減っちまうっていうくれぇの歯の下駄』がこれからも必要、つまり、これからもそれを使うことがあるのだ。

政次郎は家人の目を盗んで、密かに下駄の歯を細工しているという。奥まった四畳半の自室でこっそり鉋を使い、散歩だと言って外に出ると、人目につかない川原で、石を拾って歯を潰す。そうやって、五日ほどで三足分の歯を短くした。

そういう奇行以外は、まったくの普通の人――。

庸も蔭間たちも、焦れながら政次郎が動き出すのを待った。

五日ほど経ったある日の昼。綾太郎は仕事のために長屋の部屋で鏡に向かい、化粧をしていた。ごく薄く白粉を塗り、紅を引いていると、路地を歩いて来る足音が聞こえた。

長屋の住人のものではない。武芸に秀でた者の足運びである。

綾太郎は部屋の隅に置いた木剣を取る。

嫉妬がつきものの商売である。用心のために用意しているのだった。

腰高障子にぼんやりとした影が映る。

「綾太郎。いるかい？」

どこかで聞いたことのある男の声であった。口調は町人である。

「誰だい？」

綾太郎は、木剣を両手で握りしめながら訊く。

「湊屋の清五郎だ。両国出店のお庸が世話になっている」

「湊屋の旦那……？」

綾太郎は慌てて三和土に降り、腰高障子を開けた。

「物騒なことはしやしねぇよ」

清五郎は、綾太郎が持つ木剣にちらりと目をやりながら言った。

「ああ、これは失礼しやした」綾太郎は慌てて木剣を後ろに放り出す。

「小汚ねぇ部屋でございますが、お上がりになりやすか？」

「いや。仕事だろう？　手短にすませるからここでいい――。政次郎についての話だ」

「へい――」

自分たちが調べても分からなかったことを、わざわざ伝えに来てくれたのか――。

綾太郎はかしこまる。

「政次郎は上総国の出だ――」

清五郎は江戸に来る前の政次郎について語った。

「この話をお庸に伝えてくれ」

「なぜ旦那が知らせてやらねぇんで？」

「雇い主がいつもいつも手を貸すのは、よろしくない。お前たちが調べたことにして、わたしのことは言うな」

清五郎は微笑を浮かべる。

「もしかして――」綾太郎は清五郎の顔を覗き込む。

「湊屋の旦那はおれの恋敵(こいがたき)ですかい？」

清五郎はフッと笑う。

「お前ぇはお庸に惚れているかい」

「はい」

綾太郎は真剣な顔をする。

「お庸は味方も多いが敵も多い。敵の中には手強い者もいる。力になってやってくれ」

清五郎は踵(きびす)を返して木戸のほうへ歩く。

「湊屋の旦那。答えになってやせんぜ」

綾太郎は清五郎の後ろ姿に言う。清五郎は振り向きもせずに手を振ると、木戸を出て行った。

その日の昼の見張りが報告を持って来た後、綾太郎は両国出店に向かった。

すでに日は暮れて、多くが店仕舞いしていたが、両国出店にはまだ明かりが灯っていた。

客がいないのを確かめて、綾太郎は土間に入った。

「ごめんよ」

綾太郎を見て、松之助はすぐに茶を淹（い）れに引っ込む。

「いつもすまねぇな」

庸は帳場から頭を下げる。

「毎回礼を言うんじゃねぇよ。こっちは好きでやってるんだ。長屋の連中も捨て子の件で恩義を感じてるんだよ――。政次郎は上総国から出て来た〈椋鳥（むくどり）〉だったって聞き込んで来た奴がいた」

〈椋鳥〉とは、田舎から江戸に出て来る季節労働者のことである。

「江戸に居着いたかい」

「ああ。妻子を捨ててな」

「なんだって？　上総に妻子がいたのか？」

庸は眉間に皺を寄せる。

「出て来たのは八年前だそうだ。口入屋に言われるままに色んな仕事をしていたが、小間物屋の後家と知り合った。それが今の女房だ。いい仲になってそのまま住み着いた」

「几帳面で真面目な野郎がよろめいたかい」

「そういう奴ほどよろめいたら恐いんだぜ」

「上総の女房子供はどうしてるんだ？　政次郎は仕送りをしてるのか？」

「そこまでは分からねぇが、女房は針仕事をしてたっていうから、仕送りがなくっても、ちゃんと子供を食わせてるんじゃねぇかな」

「だけど――」

庸は唇を尖らせる。

「女ってぇのは、なかなか強(つえ)ぇもんだぜ。お庸ちゃんみてぇにな」

「やかましい」

庸は鼻に皺を寄せる。

「上総に置いて来た女房子供と、ちびた下駄ってぇのはどう考えても結びつかねぇから、うっちゃっといてもいいと思うんだが」

と綾太郎は腕組みをして首を傾げた。

ならば、なぜ清五郎がわざわざ知らせに来たのか――。綾太郎はそのことが引っ掛かったが、口止めをされているから庸に言うわけにもいかない。

「そうだなぁ――。だけど、〈風が吹けば桶屋が儲かる〉の例もあるぜ」

庸が言った時、盆に茶碗を載せた松之助が現れた。綾太郎の横に茶を置いて、

「風が吹けば土埃が立つ――」

と、講釈を垂れる。

土埃が立てば目に入る。

目に入れば目を病んで盲目になる者が増える。

盲目になる者が増えれば、仕事に困り、三味線を弾いて門付(かどづ)けをする者が増える。

三味線を弾く者が増えれば、その皮の材料となる猫が減る。

猫が減れば鼠が増える。

増えた鼠は餌が少なくなって桶を齧る。

「――穴が空く桶が増えて、桶屋が儲かるってやつです」

「全く関係なさそうな出来事でも、間を繋ぐものを入れてやれば、なるほどと思う話になるってわけか」

綾太郎は肯く。

「政次郎が女房子供を捨てて江戸に居着いたことが、〈風が吹く〉で、ちびた下駄を借りて行ったのは〈猫が減る〉辺りに当てはまるのかもしれませんね」

松之助が言う。

「じゃあ、もっと間の話を調べなきゃならねぇな」

綾太郎は茶を啜った。

「政次郎が動き出してくれればはっきりするさ」

庸が言った。

「だけどよう、お庸ちゃん」綾太郎は茶碗を置く。

「人の世の旅（人生）ってのは様々でさ。とんでもねぇ過去を持った奴もいる。そういう奴の昔を知るってのは、覚悟がいることもあるぜ」

「どういう意味でぇ？」

「過去を知っちまえば、『ああ、知らなきゃよかった』って、一生それが心の中のどこかに居座るんだよ」

「そういうことがあったのか？」

「蔭間なんかしてればさ、色んな身の上話を聞くんだよ。まぁ仲間内の重い話なら、こっちも一緒に背負ってやるさ。だけど赤の他人の重い過去ってのは、ただの心の傷になるかもしれねぇぜ」

「なぁ、綾太郎」庸は座り直して背筋を伸ばす。

「袖振り合うも他生の縁って言うだろ。ウチの客になったのは、なにかの縁だとおいらは思うんだ。だから、余計なお節介をする」

「まぁ、おれもそのお陰で助けられたクチだがな」

言って綾太郎は立ち上がった。

「そういうことさ。客がなにか困っているんなら、おいらが出来ることをやる」

「余計なお世話だと思うこともありますけどね」

松之助は綾太郎が飲み干した茶碗を盆に載せた。

「そんな時は『すまなかった』って謝るさ」

「まぁ、次は、なにかあったら知らせに来る。平々凡々な小間物屋の一日を聞いても退屈なだけだろう」

「すまねぇな。よろしく頼む。この件が落着したら、酒でも差し入れるよ」

「おっ、楽しみだねぇ」

綾太郎は言って店を出た。

四

次に綾太郎が庸の元を訪れたのは五日後の夜であった。

板敷に座った綾太郎は後ろ首を掻きながら、

「いやぁ、まかれちまった」

と言った。

「後を尾行(つけ)てたのを気づかれたのか？」

庸は舌打ちしたい思いを押し込めて訊く。綾太郎たちは好意で政次郎の調べを続けてくれているのだ。叱責するのはお門違い――。

「いや。気づかれちゃあいねぇ」

「どういうことだい？」

「今日の昼間、政次郎が風呂敷包みを持って出かけるから、後を尾行たんだ。こっちに気づいた様子はなかったから、ちょいと甘く見てたんだな。向こうはたぶん、万が一尾行られていた時のことを考えて、かなり用心してたんだろう。政次郎は路地から路地を渡り歩いた。おれの知らない道に入り込み、気がついた時、おれは袋小路に入

って て、政次郎の姿はなかった」

「よっぽど用心してるんだな。それほど用心しているなら、行き先になにかあるな」

庸は顎を撫でた。

「今度はおいらも一緒に行くぜ」

「今度ったって、その今度がいつなんだか」

「今日はウチに下駄を借りに来てから半月後。政次郎は半月毎に用心しながらどこかへ出かけていると見たね」

「そんな単純なことかね。たまたま今日出かけたのかもしれねぇぜ。次は明日かもしれねぇ」

「もし明日出かけたら、今度はまかれねぇように追ってくれ。同じように見失ったら仕方ねぇ。次の手を考えるさ」

「分かった。そうしよう」

「それまでになにもなけりゃあ、半月後の朝、お前ぇん家に行く」

「楽しみにしとくよ」

綾太郎はニッと笑う。

「遊びに行くんじゃねぇ」

庸は恐い顔をした。

綾太郎は怒られて嬉しそうに跳ねるような足取りで外に出た。

「お庸さんに叱られるのが好きな人、多いですねぇ」

松之助は呆れたように言って奥へ入った。

結局、半月の間綾太郎は両国出店を訪れなかった。

庸は早朝、松之助が出店に現れるとすぐに葭町に出かけた。

庸が木戸口に顔を出すと、中から大勢の声が涌き上がった。

「お庸ちゃ〜ん！」

長屋の蔭間たちが外に出て、庸の到着を待っていたのであった。

「なんでぇ、お前ぇら、朝っぱらから大っきな声を出すんじゃねぇよ」

庸は呆れ顔で木戸をくぐる。

蔭間たちは口の前に指を立ててお互いに「しーっ」と言った。

「色々世話になってる。ありがとうよ」

庸は頭を下げた。

「礼なんか言わないでくださいよ」小さい店の番頭といった風体の締造(しめぞう)が言う。

「みんな、お庸さんのためならって張り切ってるんですから」

「これからはみんなして両国出店から褌(ふんどし)を借りようって話をしてるんだぜ」

作治(さくじ)が言う。

「だけどよう、それぞれ好みがあって、柄物や色物、扱ってるかい？」

継太(つぐた)が言う。

「無いものはない湊屋さんだ。どんな褌だってあるよなぁ」

敏造(としぞう)が同意を求めるように庸を見た。

「相談してくれりゃあ、作らせることもある」

庸は苦笑しながら言った。

蔭間たちはどっと沸く。

「よーし。決まった。これから行って、松之助さんに相談しようぜ」

と作治。

「松之助さん、好みなんだよなぁ」

吉五郎(きちごろう)が身をくねらせる。

「お前ぇら、いい加減にしねぇか」

綾太郎が部屋から出て来て吉五郎の月代(さかやき)を軽く叩く。目立たない灰色の着物に大きめの菅笠(すげがさ)を被っていた。長い髪を括って隠すための笠である。

「さぁ、行こうぜお庸ちゃん」

「うん。今日は見逃さないように頑張ろうぜ」

二人は並んで木戸を出た。

「行ってらっしゃい！」

蔭間たちの声が響き渡る。

庸はさっと振り向いて口の前に人差し指を立てた。

蔭間たちはそれを真似てクスクスと笑い、手を振った。

丸屋の裏口が見える路地に、庸と綾太郎の姿があった。じっと、戸口に視線を向けている。

そっと裏口の戸が開く。

風呂敷包みを持った政次郎が現れ、道に人気がないことを確認し、外に出た。

庸と綾太郎は間隔を空けて後を追う。

政次郎は丸屋のある堺町から、堀割を二つ渡って、伊勢町に入った。

「この先で見失ったんだ。気をつけて行こうぜ」

綾太郎は囁く。

政次郎は伊勢町から本小田原二丁目、一丁目、安針町、長浜町と、狭い小路ばかり選んで歩き始めた。

そして、再び伊勢町へ逆戻りしたところで見失った。

二人の前には袋小路があった。

「ちくしょう。どこへ行きやがった。本当に消えちまったのか？」

綾太郎は地団駄を踏む。

庸は引き返しながら家と家の間を調べる。

「ここだ、綾太郎」

庸は手招きした。

そこには一尺（約三〇センチ）足らずの隙間があった。

「こんな狭（せめ）ぇところを通ったってのか？」

「人ってのは思いの外狭ぇところを通れるのさ。一尺もありゃあ広いくれぇだ。ほれ、足跡がある」

庸は家と家の間の地面を指差す。湿って苔の生えたそこには、草履の足跡がはっきり残っていた。

庸が先に立って隙間に入る。

綾太郎が続くがだいぶ窮屈であった。

「お庸ちゃん。胸の辺りがつかえそうだぜ」

「そういう時には息を吐くんだよ」

「次に吸ったらまたつかえるじゃねぇか」

「馬鹿だねぇ。吐いた時に動きゃいいだろう」

「ああ、そうか――」

庸は先にするりと隙間を抜けた。

綾太郎が言われたようにしてやっと隙間を抜けようとした時、庸の掌がその顔を押した。

「なにするんだよ――」

文句を言おうとした綾太郎を、庸は「シッ」と言って制した。

「すぐそこに政次郎がいる」

「えっ？」

綾太郎は隙間の外側を見た。どうやら、小さい稲荷社の境内(けいだい)のようで、周囲には木々が茂っていた。その中に隠れるようにして政次郎がいた。着替えをしている様子だった。

政次郎は着物を脱ぎ下穿き一丁である。風呂敷の中からボロボロの着物を出して着込む。そして今まで着ていた物を風呂敷に入れ、さらに古く薄汚い継ぎ接(は)ぎの布に包む。

髪を乱して足元の土を手に取り、髪と顔を汚した。そして、煮染めたような色の手拭いで頬被りをする。

継ぎ接ぎの包みを背負い、小さい社(やしろ)の石垣に丸めて立てかけてある薄汚れた菰(こも)を左手に取って境内を出た。右手には縁の欠けた木の椀を持っていた。

「なんだ、ありゃあ……」

綾太郎は言いながら隙間を抜け出した。

「物乞いに化けたようだな」

庸は眉間に皺を寄せ、物乞いに扮した政次郎を追った。

政次郎は室町に出て南に進み日本橋を渡ると、そそくさと路地に入り、目立たないようにまた南に進んだ。

そして佐内町に出て、小さな古着屋に顔を出し、店主に何度も頭を下げながら、店の角に菰を敷いて座り、膝の前に欠けた椀を置いた。

庸と綾太郎は路地に潜んでそれを見ていた。店主とのやりとりの様子から、以前から店の前を借りているようだと庸は思った。

おそらく十五日ごとに、政次郎はここで物乞いをしている――。

しかし、なぜ？

物乞いをしなければならない理由はなにもないはずである。あそこに一日座って、はたして幾らの稼ぎになるだろう。なにかの足しになるだけの銭を稼げるとは思えない。

庸と綾太郎は、通行人や近くの店の者に疑われないよう、時々場所を変えて政次郎の見張りを続ける。

政次郎は俯きながら無言で座り続け、時折椀に銭を入れてくれる者がいると、小さく頭を下げた。

二刻（ふたとき）（約四時間）ほどして、庸はハッとした。佐内町とは道を挟んだ平松町の路地である。斜め前方に政次郎が見えた。

「そうか――。物乞いはずっとあそこに座っていても疑われない」

庸は呟く。

「どういう意味だ？」

綾太郎は眉根を寄せる。

「おいらたちは、人目を気にして見張りの場所を変えなきゃならない。だけど物乞いならば、ずっとあそこに座っていても誰にも怪しまれない」

「なーるほど」綾太郎は大きく肯いた。

「政次郎もなにか見張っているのか」

それから小半刻（約三〇分）。今まで俯いていた政次郎がわずかに顔を上げた。

視線は左側を向いている。それが少しずつ右側へ動く。

誰かが歩いて来るのか？

政次郎がこのまま視線を動かせば、自分たちの姿が目に入る。

庸は綾太郎の袖を引っ張って、路地に置かれている古い樽の陰に身を隠した。

樽の上に壊れた葦簀（よしず）があったので引っ張って下ろし、少し広げて樽に立てかける。

葦簀の陰ならこっちから政次郎を観察できるが、向こうからは自分たちの姿は見えない。

樽の横に広げた葦簀から、庸と綾太郎は見張りを続ける。

若い娘が目の前を通った。二十歳前後の質素な着物をまとった娘であった。手には大切そうに風呂敷包みを持っている。

政次郎はこの娘を見ている――。

庸の中で、幾つかの出来事が再構築された。そして、推当が立った。

「なるほど。そういうことかい――」

「なにがそういうことなんだ？」

綾太郎が訊く。

「まぁ、政次郎がどう動くか見ようじゃねぇか」

庸は答えた。

娘は建物の陰に見えなくなったが、政次郎の顔は右手のほうを向いて、そのまま止まった。

娘は近くの店に入ったのだ。

庸は佐内町側で政次郎を見張っていた時に頭に入った、平松町の店の並びを思い返す。

政次郎の目は、自分たちが潜んでいる小路から二軒向こう辺りを向いている。

そこにあるのは――。

呉服屋だ。

とすると、あの娘が抱えていた風呂敷包みは仕立てた着物かもしれない――。

娘は呉服屋に仕立てた着物を納めている。十五日に一着が店との約束なのだ。政次郎はそれを知っていて、十五日ごとにあそこに座っている。娘を見るために――。

少し経って、娘が小走りに政次郎に近づいた。

そして、腰を屈めると財布から小銭を出して椀の中に入れた。なにか一言二言声をかけて立ち上がり、左のほうへ歩いて行った。

その時、庸たちにも娘の顔が見えた。派手ではないが整った目鼻立ちであった。

政次郎は目で娘を追う。そして、おそらく娘の姿が見えなくなったのであろう、椀の銭を巾着に入れると立ち上がって莚を丸めた。そして、風呂敷包みを背負い、椀を手にすると古着屋に挨拶をしてその場を立ち去った。

「たぶん家に帰ぇるんだろうが、念のために後を追ってくれ」

庸は葦簀をかたづける。

「娘のほうはいいのかい？」

綾太郎が訊く。

「娘が入ぇった店から聞き込んで来る」

「ああ、なるほど。それじゃあ後からおれの長屋で落ち合おうぜ」

綾太郎は路地を駆け出した。

庸は通りに出て、娘が仕立物を届けたであろう呉服屋の前に立つ。

間口四間（約七・二メートル）ほどの店である。〈太田屋（おおたや）〉という看板が出ていた。

「ごめんよ」

庸は土間に入る。

板敷で反物を丸めていた壮年の男が「へい」と返事をした。帳場に主らしい白髪頭の男が座っていた。

「おいらは湊屋両国出店の庸ってもんだが」

庸が名乗ると帳場の男が「ああ、あの」と言って出て来た。

「おいらを知ってるんなら話が早ぇや」

と庸は板敷に腰掛ける。

「わたくしは太田屋の主、助左衛門（すけざえもん）でございます」

「この間、丸屋さんがここに入るところを見かけたが、お得意さんかい？」

「はい。ご家族のお着物はお任せいただいておりますよ」

「おいらの友達が、丸屋さんにはいい品物が多いって言ってたから、きっと目が高いはず。ならばいい仕立ての着物を置いてるんじゃねぇかと思ったのさ」

「恐れ入ります。お仕立ての御用で？」

「いや。おいらはいっつもこんな格好だからねぇ。貸し物が傷（いた）んだ時に直してくれる職人を探してるんだ。ウチでは借り主の希望に合わせて仕立ててもらうこともある。腕のいい職人の当たりをつけておきてぇなと思ってたんだ。ちょいと用事があってこの先に来たんだが、そういえば丸屋さんがお宅に入ってたなと思い出して寄ってみたのよ」

　庸は頭の中で辻褄を合わせながら言った。

「左様でございましたか。わたくしどもの紹介でよろしければいつでも」

　助左衛門はニコニコ笑う。

「さっき仕立物を届けに来た娘さんは？」

「およしさんでございます。おっ母さんと同様、いい腕でございます」

「おっ母さんも仕立てをしているのかい」

「はい。二人で半月毎に一着仕立ててもらっています。湊屋さんのお仕事ならば願ってもないことでございましょうが――」　助左衛門は顔を曇らせる。

「実はウチでもおよしさんに『もう少し仕事を増やしては』と勧めたことがございました。けれど、『おっ母さんは体が弱く、家の用事やおっ母さんの世話をしていると、今の仕事だけで手一杯』という答えで……」

「なるほど、かえって迷惑かい――。ところでおよしさんのお父っつぁんは？」

「へい。だいぶ前に行方知れずになったのだそうで、それを探しに江戸に出て来て、あちこち住まいを替えながら炭町に越してきた時におっ母さんが体を壊したんだそうでございます」

　推当通りだな――、と庸は思った。

「そうかい。気の毒なこった——。いや、余計なことを色々訊いちまったな。およしさんの話はなかったことにしてくんな。それに、丸屋さんの耳に入ると、おいらが妙なことを嗅ぎ回ってると勘違いされかねねぇから——」

「ご心配なさらずに。こちらもなにか内緒で借りに伺うこともございましょうから」

「すまねぇな」

言って庸は腰を上げた。

五

庸は綾太郎の部屋にいた。中には綾太郎のほかに、蔭間長屋の住人たちが押し掛けている。入りきらなかった者たちは外に立って、背伸びをしながら中を覗き込んでいた。

「お庸ちゃんの言った通り、政次郎はすぐに家に戻ったよ。もう必要はねぇと思ったが、丸屋は作治が見張ってる」

綾太郎が言った。

「そうかい。話が終わったら、誰か走って作治に『もういいぜ』って言ってきてくれ」

「お庸ちゃんのほうはどうだったんだい？」敏造が訊いた。

「綾太郎と一緒に丸屋を見張ってたことについては訊いたから、その先を話しとくれよ」

「ああ――」

庸は太田屋助左衛門から聞いた話を語った。

「おそらく、およしは政次郎の娘だ」

庸が言うと蔭間たちは「おおっ」と言って肯いた。

「政次郎が太田屋を訪れていた時、およしが仕立物を届けに来た。助左衛門か番頭が『およしさん』と声をかけるのを聞いて、政次郎はドキリとした。そして娘の顔を盗み見る。きっと母親に面差しが似ていたんだろうな、政次郎はそれが上総に置いて来た娘だと知った」

「だけど、捨てた子だ――」綾太郎が話を引き継ぐ。

「自分には江戸に妻子がいる。声をかけるわけにもいかねぇ。しかし、上総に置いて来た妻子のことは気になるから、怪しまれないように色々聞き出したんだろうね」

「どうしようもないけれど、娘の姿は見たい」締造が溜息交じりに言う。

「しかし、半月に一度、佐内町に突っ立っておよしさんが現れるのを待っていれば怪しまれる」

「ああ」継太がポンと手を打った。

「だから物乞いに化けたか。通りにずっと座っていても怪しまれねぇ」

「そうやって娘の姿を見ているうちに、向こうがいつも同じところに座っている物乞いに気がついた」綾太郎が言う。

「政次郎はびっくりしたろうな。こっちに娘が歩いて来るんだ。どうしたらいいか分からないでいるところに、およしは財布を出して小銭を椀に入れてくれた。なにか一言声をかけて娘は物乞いが実の父とも気づかずに去って行く。政次郎は泣いたろうね」

「両国出店に来た日、今まで履いていた下駄が割れた。それで、慌てて借りに来たんだ。歯の長さが気になったか、あるいは古着屋の親爺に気づかれるのを恐れたか――。壊れたから誰かに恵んでもらったって言やぁどんな下駄だってよかったろうに。よっぽど慌ててたのかねぇ」

庸が言うと、まだ庸が名前を知らない蔭間が言う。痩せて小柄な三十五、六ほどの男である。

「性格でござんしょうね。家の中では三足の下駄の歯をきっちり合わせて削っていやしたから」

「お前ぇが政次郎の家に忍び込んでくれたのかい？」

「へい。以前盗人をしておりやした勘三郎（かんざぶろう）と申しやす」

勘三郎が頭を下げた。

「それで、これからどうするんだい、お庸ちゃん？」

吉五郎が聞いた。

「うん……」

庸は迷っていた。どのように落着させれば一番いいのか、皆目分からない。

丸屋にねじ込んで政次郎に、「お前ぇ嘘をつきやがったな」とひとくさり文句を言ってやろうか。

そうすれば、女房子供に政次郎の前身がばれてしまう。

政次郎を探しに江戸へ出て来たよしとその母親も不憫だ。

「放っときなよ、お庸ちゃん」綾太郎が言った。

「政次郎は物乞いの姿で半月に一度、娘から優しい言葉をかけられるだけで幸せだ。およしとそのおっ母さんは、政次郎を探してる間は希望を持っていられる。政次郎が江戸で妻子を持って幸せに暮らしてるって知ったら地獄だぜ。誰も幸せにならねぇ」

「だけどよう、綾太郎。政次郎は月に二回、少しの幸せと引き替えに、悲しみがつのっていくんだぜ。いずれ、その重さに耐えかねて自分が実の父親だと名乗っちまうんじゃねぇかな。そうなりゃ、江戸の女房子供も、およしとその母親も悲惨なことにならぁ」

庸の眉が八の字になる。今にも泣き出しそうな顔である。

「お庸ちゃんは優しいなぁ」綾太郎は微笑む。

「だけど、そりゃあお庸ちゃんが気に病むことじゃねぇぜ。政次郎たちが自分で道を見つけなきゃならねぇことだよ。他人は口を出しちゃならねぇことだとおれは思うぜ」

「うん……」

庸は言ったが、納得したわけではなかった。

不審な借り主を調べて、湊屋に迷惑がかかるような使い方をしていなければそれでよし——。そう割り切るべきだとは思う。

だいいち、今まで自分がしてきたことは余計なお節介だし、損料では賄いきれない労力がかかっている。

商売だということを自覚しなければならない。

知ってしまった借り主の困り事を放っておけないじゃないか——。

だけど——。

「うん……。ありがとうよ」

言って庸は立ち上がった。蔭間たちは心配そうにそれを見上げる。

庸は黙ったまま土間に降りて、外に出る。

「また来ておくれよ」

遠慮がちに誰かが声をかけた。

庸は振り返って、

「ああ。また邪魔するぜ」

と返す。蔭間たちはホッとした様子で、しかし心配げな表情を残したまま笑みを浮かべた。

「政次郎が馬鹿な選択をしやしねぇかが心配だな」外へ見送りに出た綾太郎が言った。

「もう少し見張ってみるか」

「それがようございますね」

締造が肯いた。

翌日の朝、庸は店を松之助に任せて湊屋本店を訪ね、離れの清五郎に面会した。

そして、丸屋政次郎に関することを報告した。

綾太郎に政次郎の情報を伝えに行った清五郎だったが、なに食わぬ顔で庸の話を聞いていた。

「で、どう落着させるつもりなんだ？」

庸の話を聞き終えた清五郎は静かに訊いた。

「これ以上関わるのはやめようと思うのですが、いかがでしょう？」

庸は硬い表情で言った。

「それは、お前の考えか？」

「綾太郎に言われまして——。一晩、考えました」

「政次郎にだけ話して諫めたらどうなのだ?」

半蔵が訊く。

「なにを諫めたらいいのでしょう?」

庸は半蔵に顔を向ける。

「女房子供を捨てて江戸に出て来て、所帯を持ったことだ。およしとその母親の苦しみを――」

「政次郎は自分の罪深さも、およしとその母親の苦しみも知っておりますよ。だからこそ、物乞いに身をやつしておよしを見ているのでございます」

「うむ……」

半蔵は腕を組んで顎を引く。

「政次郎をどのように諫めようと、奴が女房子供を捨てて江戸に出て来た事実は変えようがありません。また江戸の女房子供についてもなかったことになど出来ません」

「政次郎が、江戸の妻子に事実を話し、およしとその母親にもっと楽な暮らしをさせることも出来るのではないか?」

清五郎が訊く。

「それをしたところで、二組の親子は幸せに暮らせましょうか?」庸は苦しそうに顔を歪めた。

「正直に生きることが正しいとすれば、政次郎は江戸の妻子に頭を下げて、上総での生活を捨てて江戸に出て来たことを包み隠さず話すべきでございましょう。けれどそれは、政次郎の罪悪感を少しばかり軽くするだけであって、奴が下ろした重荷は、江戸の妻子が背負うのです。また、政次郎がよしとその母親に頭を下げて江戸での暮しを話したとしても、同じことです。政次郎が下ろした重荷は、よしとその母親が背負うこととなります」

「政次郎の重荷は、すべて本人が背負っていかなければならぬと」

半蔵が言う。

「しかし、それではおよしと母親だけが貧乏籤(くじ)ではないか？」

清五郎が訊く。

「二人が貧困に喘(あえ)いでいるならば——」庸は言った。

「政次郎を威(おど)してでも暮らしが楽になるくらいの金銭をこっそりと援助させる手を考えました。けれど二人は、仕立物の仕事で自活しております。母は病弱でございますが、親子で助け合いながら暮らしております。その誇りも大切にしてやりとうございます」

「なるほど。本当に一晩中考えたようだな。それで、謎は解けたが落着はつけぬというのだな？」

「この件の落着は、政次郎がつけなければなりません——。今までは唯々、借り主が秘めた謎を明らかにすれば、抱えた悩み事まで解決すると考えて参りました。けれど、それだけでは済まぬこともあるのだと知りました」

庸は溜息交じりに言った。

「お前をその考えに導いた綾太郎という男、なかなか頼りになるな」

清五郎は微笑む。

「蔭間長屋の連中にもずいぶん助けられました」

「いい旗本を持ったな」

半蔵は微笑みながら言った。

「旗本?」

「いざとなれば全力でお前を助けてくれよう」

「連中とは主従関係はございません」庸はムッとしたように言う。

「大切な仲間でございます」

「ならば、手助けしてくれた仲間を労ってやれよ」

清五郎が言った。

「はい。今宵は酒と肴を持って長屋を訪れようと思います」

「お前も飲むのか?」

半蔵は驚いた顔をする。

「わたしは無調法でございますから、お茶で相手をいたします」

庸は一礼して離れを辞した。

月に二日、必ず佐内町に現れていた物乞いは、いつしか姿を現さなくなった。よしはしばらくの間、仕立物を太田屋に届けに来るたびに、物乞いが座っている辺りに視線を彷徨（さまよ）わせて心配げな顔をしていた。けれど芒（すすき）の白い穂が風になびく秋、母の体調も回復し、よしは仕立ての仕事の数を増やした。そして、木枯らしが吹く頃、よしは佐内町の古着屋の角を気にすることはなくなっていた。

年の瀬。綾太郎は佐内町に赴くのを終わりにした。

大歳（おおとし）の客

一

大晦日。朝からちらつき始めた雪は、昼頃から本降りになった。あちこちで蒲簀(かます)を足に履いて雪踏みをする姿が霞む。

多くの店が藪入り（奉公人の正月休み）で店を閉めていたが、湊屋(みなとや)両国出店(でだな)は新年を迎える飾り物や膳、食器などを借りに来る客がひっきりなしであった。松之助(まつのすけ)と庸(よう)は、接客の合間に一刻(いっとき)（約二時間）ごとに外に出て交替で雪踏みをした。

「どうにもきりがありませんね」

松之助が庇(ひさし)の下で蓑(みの)と菅笠(すげがさ)の雪を払い、土間に入って来る。

外の白い景色はわずかに藍色を帯びてきたが、店の中は板敷に置いた行灯(あんどん)でほんのりと橙(だいだい)色である。あちこちに置いた貸し物の影が揺れていた。

「せっかく溶けたと思ったのに、たっぷり降りやがったな」

庸は帳場机に頬杖をつきながら、静かに舞い降りてくる雪を眺める。

「明日から春ですから、これでしまいでしょう」

松之助は板敷に腰掛けて、客用の火鉢で手を暖めた。

「客も一段落したことだし、もう新鳥越町のほうへ戻っていいぜ。向こうのほうが忙しいだろう」

「雪踏みは大丈夫ですか？」

「店の前の通りだけだ。ご近所さんもいるし、大した手間じゃねぇよ。客も、もうポツリポツリだろうしさ」

「それじゃあ、お言葉に甘えて」松之助は蓑を着込む。

「今年一年、お世話になりました。よいお歳をお迎えください」

と頭を下げて笠を被った。

「世話になったのはこっちのほうだ。お前ぇがいなきゃ店が回らなかったぜ。旦那にもよろしく伝えてくれ。歳が改まったらご挨拶に伺うってな」

「それでは」

松之助は一礼して外に出た。

藍色が濃くなった景色の中に、ぼんやりと家々の明かりが灯る。濃い灰色の雪の影が、チラチラとそれを遮る。

松之助の後ろ姿は薄闇の中に紛れた。

店の中は静まりかえっている。

行灯の油が燃える音。火鉢や帳場の手焙（てあぶり）の炭が小さく弾ける音。鉄瓶の中で湯が沸くこもった音――。

そこに庸の溜息が交じる。

忙しく動いている時はいいのだが、手が空くと清五郎（せいごろう）の面影が脳裏に浮かぶ。

大店の主と、使用人では釣り合いがとれないと庸は思う。なにより、清五郎が自分に対して使用人以上の気持ちを抱いているのかどうかも分からない。

今まで感じたことのない苛々が胸の中に居座っている。

足掻いても足掻いてもどうしようもないことは諦める。それを前提としてどうするのか考える――。

それが一番だと分かっているし、生き方も商売も、そうやって切り抜けてきた。

けれど、清五郎については足掻くことはおろか、自分の気持ちを伝えてもいない。

もし清五郎に想いを告げ、袖にされてしまったとすれば――。

その瞬間から、清五郎との関係が崩れてしまうだろうと庸は思っている。

今は主と使用人の関係ではあるが、甘い気分に浸れる瞬間もある。しかし、袖にされてしまえば、それさえも消えてしまう。

ならば、ずっとこのままでいたほうがいいのかもしれない。

なにより、もし清五郎がこちらに気があれば、先にそのことを告げているだろう。

今までそんな素振りも見せないのは、自分のことなど眼中にないのだ。

使用人として可愛がってもらっているだけ――。

庸は再び溜息をつく。

そしてふと顔を上げた時、入り口に立っている人影に気づいた。

ボロボロの蓑と笠をつけた年寄だった。

「大歳（大晦日）の夜にすまねぇな」

年寄は笠を上げながら言った。見窄らしく白い無精髭が伸びている。着物の襟は汗染みで茶色くなっていた。

「寒いだろう。火鉢にあたりな」

庸は土間の火鉢を顎で指す。

年寄は蓑と笠を脱いで板敷に腰掛けて火鉢に手をかざす。

「なにを借りてぇ？」

「膳と器を二人前」

「正月の祝い用かい」

「そうだ」

「生憎だが、いいやつは出払ってる。普段使いの物しか残ってねぇよ」

「それでもいい。久しぶりに、倅と膳を囲むんだ」

「長旅でもしてたのかい？」

「そんなところだ」

「損料は持ってるのかい？」

庸が問うと、年寄は苦笑いして頭を掻いた。

「それがよう、持ち合わせが少ねぇ。だから、倅のところに届けてもらって、損料は倅から受け取ってもらいてぇんだ」

「貸し物を届けろってかい」

「出来ねぇかい？」

年寄は情けない顔をして庸を見た。

庸は腕組みをする。少し考えて口を開いた。

「久しぶりに会う倅に、損料を出させるのは情けなくないかい？」

庸の問いに、年寄は眉根を寄せて目を伏せる。そして小さく「情けねぇ」と答えた。

「それじゃあ、こういうのはどうだい。今からお前ぇをちょいとだけ雇う」

「雇う？」

年寄は庸に顔を向けた。

「雪踏みをしてくれ。そしたら損料は無しでいい」

「そんなことでいいのかい？」

「普段使いの膳と器の損料はたいしたことはねぇ。酒と肴も少しつけてやるぜ」

「本当かい？　そんなにしてもらっていいのかい？」

年寄の表情が輝いた。

「大歳に来る客は、歳神さまかもしれねぇからな」

「歳神さまに雪踏みをさせるかい」

年寄は笑った。

「客として来るのが悪い。昔話みてぇに一夜の宿を求めりゃあよかったんだ」

「そっちでも、宿賃の替わりに雪踏みをしろって言ったんじゃねぇのかい？」

「違いねぇ」

庸も笑う。そして側の手焙の鉄瓶から湯飲みに白湯を注いで年寄の横に置いた。

「まずは体を温めてからだ」

「すまねぇ」

年寄は両手で湯飲みを包み込み、白湯を啜った。

「言いたくなきゃ答えなくてもいいけど、なんで旅に出たんだい？」

年寄は湯飲みの中をじっと見つめ、ぽつりと答えた。

「お嬢ちゃんには分からねぇだろうが、長く生きてると、なにもかも面倒くさくなることがあるんだ。世の中のしがらみってやつがさ。しっかりした野郎ならなんとか乗り越えるが、おれは弱かったんだなぁ。女房子供を放り出して逃げたんだよ。しばらく前に風の便りで女房が死んだことを知った。伜は室町の茶問屋に奉公していたから、暮らしの心配はなかったが――」

「ひでぇ親父だな。歳神さまに悪いことをしちまった」

庸は顔をしかめた。

「うん。ひでぇ親父だ」

年寄は悲しそうに微笑む。

「それじゃあ、帰ぇり辛ぇだろう」

「だから、今日の今日までウジウジとしていたんだが、思い切って倅のもとを訪れる決心をしたんだ。きっちりと謝らなきゃならねぇと思ってな」

「だけど、膳だけ持って倅んとこに行くつもりだったのか？」

「いや――」年寄は困ったような笑みを浮かべた。

「ここに来りゃあ、酒と肴の面倒も見てくれるかもしれねぇと教えられたんだ」

「誰でぇ。そんな出鱈目を教えたのは！」

庸は眉間に皺を寄せた。

「娘っ子だ」

「どこの娘っ子だ！　なめやがって！」

「どこの娘かは分からねぇよ。おれが倅のところに行くにも、手ぶらじゃなぁと日本橋の袂で困っていると、五、六歳くれぇかな、かわいい顔した娘っ子が目の前に立ったのよ。それで、『湊屋の両国出店で膳を借りろ』って言うんだ。『なんで膳なんか。それにおれは懐が寂しい』って答えると、『両国出店の主は人情深いから、事情を話せばなにか仕事をくれて、その替わりに膳と酒、肴を用意してくれる。そうすれば倅も喜ぶだろう』って言う。『騙されたと思って行ってみろ』と付け加えて――、トコトコと走っていなくなった」

年寄の話の途中から、庸にはその〝娘っ子〟の正体の見当がついた。

「赤い着物を着てたかい？」

「ああ、そうだ。やっぱり知り合いかい」

「おりょう姉ちゃんだ……」

「姉ちゃん？　ありゃあどう見ても妹だぜ」

「おいらの死んだ姉ちゃんだよ」

「死んだ――？　ってことは幽霊かい？」

「そうさ。今は家神（イエガミ）になる修行をしている。でも、おりょう姉ちゃんは家を出られねぇはずなんだが、不思議だな……」

「お前ぇ、ここは大丈夫か？」

年寄は呆れた顔をして自分の頭を指差す。

「大丈夫だよ」庸は鼻に皺を寄せる。

「本当の話だ。お前ぇは幽霊が見えるんだな」

「年寄をからかうもんじゃねぇ」

年寄は立ち上がって、土間の隅に置かれた雪踏み用の蒲簀を足に履き、二つの蒲簀を結びつけた長い紐を首にかける。

「幽霊なんかいるもんかい」

「だけど言われた通りになったじゃないか。ウチのおりょう姉ちゃんじゃないんなら、神通力のある娘っ子ってことになるぜ」

「子供ってのは鋭いから、お前ぇさんの本性を見抜いていたんじゃないか？」

年寄は外に出て雪踏みを始める。

「うーむ」

と言いながら、庸は周囲を見回して心の中で『おりょう姉ちゃん』と呼びかけた。

しかし、りょうからの返事はなかった。

二

庸は店の戸締まりをし、蔀戸(しとみど)の外側に、出かけているがすぐに戻る旨の張り紙をした後、年寄と一緒に雪踏みをした。

半刻(はんとき)(約一時間)ほどで店の前の雪は綺麗に平らになり、庸は裏口から中に入って二人分の膳と食器を風呂敷に包んだ。

風呂敷包みを背負い、年寄に「行くぜ」と言って歩き出す。

「おれが背負うよ」

と年寄は手を出す。

「届けて欲しいって言ったろう。届けてやるよ」

庸は年寄の手を振り払う。本当は、この年寄が息子の長屋の前で怖(お)じ気付(けづ)いて引き返してしまうのではないかと考えたのだった。

「そういやぁ、まだ名前を聞いてなかったな。おいらは庸ってんだ」

「半兵衛（はんべえ）――。半人前の半兵衛だ」

年寄――、半兵衛は自嘲するように言う。

「倅のところへ行って、これから一緒に住むのかい？」

「さてなぁ……」半兵衛は泣きそうな顔になる。

「倅しだいだなぁ……」

「仕事はどうするんだい？　手に職はあるのかい？」

「刃物研ぎなら出来る。ちょっと前まで料理屋に奉公していて、刃物研ぎもしてた」

「研屋（とぎや）か。なんとか世話出来るかもしれねぇぜ」

「そうかい」半兵衛は笑みを見せた。

「倅が一緒に住もうって言ってくれなければ、独りでどこかの長屋に住むつもりだったから、仕事を世話してもらえればありがてぇな」

庸は半兵衛と近くの酒屋と惣菜屋に寄って買い物をした後、年寄のほうを見る。

「さぁ、用意はできた。倅の家はどこだい？」

「亀井町の長屋だ」

「すぐそこだな――。だけど亀井町ったって広いぜ」

「道順は分かってる」

「誰かに聞いたのか？」

「知り合いの薬売りが、おれの住んでいたところまで行商に来て倅のことを色々と教えてくれてたんだよ。倅は去年茶問屋の番頭になって、店を出て亀井町に長屋を借りたんだ」

「ああ、風の便りってのはそれかい。それじゃあ、もっと早くその薬売りに中に立ってもらって倅に頭を下げりゃあよかったじゃねぇか」

「薬売りにも何度もそう言われたんだけど、そこは半人前の半兵衛さまよ。怖じ気付いちまって、頼めなかったのさ。それが出来てりゃあ、お庸さんに迷惑かけずにすんだんだけどなぁ」

「まぁ、こうやって倅に謝りに来たんだから、いいとしてやるか」庸は苦笑する。

「半兵衛から一人前の一兵衛に改名するかい」

「それもいいかもしれねぇな」

半兵衛はまんざらでもない顔で肯いた。

二人は並んで馬喰町に入り、真っ直ぐな雪の道を進む。旅籠が並んでいて、明かりが灯り、酒盛りの声が聞こえた。

小伝馬町三丁目の辻で右に曲がり、亀井町に入った。

空には星々が凍てついているが、町は雪明かりで思いのほか明るい。

半兵衛の足取りが速くなる。息子の顔が見たくて気が急いているのだろう。庸は小走りで後に続いた。

半兵衛は路地を進んで、長屋の木戸の前で立ち止まった。梁の名札を見上げる。

「誠太郎ってのが倅だ」

半兵衛は木戸を開けて中に歩み込む。

並んだ腰高障子はもう暗い。住人は寝静まっている。

庸と半兵衛は足音を忍ばせて真ん中の障子の前に立った。

「ここだ……」

半兵衛は言って唇を噛む。

「なんでぇ。早く声をかけなよ」

「いや……。なんだか恐ぇ……。お庸さん、声をかけてくんなよ」

「なんだよ。お前ぇの倅だろうが」

庸は唇を尖らせる。

「貸し物を持って来たお庸さんが声をかけるのが筋だろう」

半兵衛は引きつったような笑みを浮かべる。

「なに言ってんだい。お前ぇは倅に会いに来たんだろうが」

「頼むよ。声をかけてくれよ。おれの声を聞いたら、倅は居留守を使うかもしれねぇ。今さらなにをしに来たって、顔も見せてくれねぇかもしれねぇじゃねぇか」

「それもそうだな――」

庸は『やっぱりついて来てよかった』と思いながらホトホトと腰高障子を叩く。そして、

「誠太郎さん。誠太郎さん。おいらは湊屋両国出店の庸って者だ」

中から「はい……」とくぐもった声がして、障子にポッと明かりが透けた。

心張り棒を外す音がして障子が開く。三十前後の真面目そうな顔が見えた。

「湊屋さんというと、貸し物屋の？」

「そうだ。お前ぇのお父っつぁん、半兵衛に頼まれて、貸し物を持って来た」

「お父っつぁんの？」誠太郎は眉をひそめて小首を傾げる。

「お父っつぁんはずいぶん昔に家を出ましたが……」

「帰ぇって来たんだよ。それで、半兵衛は長々と家を出ていた詫びにって、膳と酒、肴を用意して来たんだ」

庸は後ろに隠れるように立っていた半兵衛を引っ張って前に出す。

「なんのお話ですか？　確かに半兵衛はわたしの父親ですが、誰もいないじゃないですか。悪い冗談はやめてください」

誠太郎は怒ったように言う。

誠太郎の前に立たせられた半兵衛は小さくなった。

「いやいや。親父を許せねぇのは分かるが、心底悔い改めて、意を決して訪ねて来たんだ。許してやっちゃあくれめぇか」

「許すも許さないも、父はどこにいるのです？」

誠太郎の表情は真剣である。

こりゃあ、本当に半兵衛が見えてねぇんだ。するってぇと――。

だから、おりょう姉ちゃんの姿が見え、話も出来たのかい――。

だけど雪踏みは出来ていた。重さがなきゃ雪は踏めねぇ――。

そういうこともあるのかい。本当に隠世のことは分からねぇ――。

庸は半兵衛の横顔を見る。

半兵衛は戸惑った様子で誠太郎を見つめている。

半兵衛は、気がついていねぇのか――。

「こいつは困ったな……」庸は唇を嚙んで誠太郎に向き直る。

「冗談を言ってるんじゃねぇんだ。こっちは湊屋出店の主。嘘や冗談でこんなことをすりゃあ、店の評判に関わる」

「そりゃあ、そうでしょうよ。それが分かっているんなら、もうお帰りください」

誠太郎は渋い顔をして、手を払う。

「だから、冗談じゃねぇんだってば。お前ぇさんには見えねぇだろうが、半兵衛は確かにここにいる」

庸の真剣な様子に誠太郎は眉をひそめる。

「どういうことです？」

「どうやら、半兵衛は死んだようだ」

その言葉に半兵衛はハッとした顔で庸を見た。

「死んだ――」誠太郎は唖然とした表情になる。

「それじゃあ、お父っつぁんは幽霊になって訪ねて来たと？　それで、湊屋さんから膳を借りて、酒と肴を用意して、詫びに来たと？」

「信じられねぇだろう。おいらも信じられねぇ。おいらには、ここに立っている半兵衛が見えてるんだから」

「ここに立っているのですか？」

誠太郎は手を伸ばして半兵衛に触れようとした。

その手は半兵衛の体を突き抜ける。

半兵衛は目を見開いて、自分の腹の中に入り込んでいる誠太郎の手を見、そして半べその顔を庸に向けた。

庸はどうすることも出来ず、憐れむ目で半兵衛を見つめる。

「お庸さん、どうすりゃあいいんだ？」

半兵衛は悲鳴のような声で訊く。

「誠太郎さん」庸は誠太郎の手を取る。

「ともかく。半兵衛を中に入れちゃあもらえめぇか」

「ああ……。それはもちろん……」

誠太郎は肯いて、座敷に上がる。手焙の炭火にかけた灰をどかして、息を吹きかけて熾(おこ)す。

「ほれ、半兵衛。入っていいとよ」

庸は半兵衛を押した。

半兵衛は肯いて草鞋を脱ぎ、座敷に上がる。

庸は水屋から鍋を取って甕（かめ）から水を汲み、手焙にかけた。風呂敷包みを解いて徳利を出し、小さな角樽から酒を移し、鍋に沈める。

誠太郎は室内をキョロキョロと見回しながら、手焙の前に座る。

半兵衛は突っ立ったまま、誠太郎を見下ろしている。

「誠太郎の前に座れ」

経木に包まれた肴を皿に移しながら、庸は半兵衛に言った。

半兵衛は肯いて手焙を挟んで座った。

「誠太郎……。すまなかったな……。おれは、弱くて我が儘な父親（てておや）だった……」

庸は半兵衛の言葉をそのまま誠太郎に伝えた。

「もういいんだよ、お父っつぁん。おっ母さんが亡くなる前後はずいぶん恨んだが、今ではお父っつぁんも自責の念に苦しんでいるんだろうなって思えるようになった」

誠太郎の言葉に、半兵衛の目から涙がこぼれた。

「なんで、もっと早くに帰って来てくれなかったんだい」

誠太郎は洟を啜る。頬を涙がこぼれていた。

「お前ぇに合わせる顔がなくってさぁ……」

庸はそれを伝えた。そして膳を整え、温まった酒を二つの杯に注ぐ。

「他人が間に入ってたんじゃ艶消しだ」庸は立ち上がる。

「後は、言葉はいらねぇだろう。二人で差しつ差されつで大歳を過ごしな」

「あっ、お庸さん」三和土(たたき)に降りる庸を、誠太郎が呼び止めた。

「お父っつぁんが最後にいた場所を訊いちゃくれやせんか」

「箱根の向こうっ側(かわ)。三島(みしま)の嶋木(しまき)っていう料理屋だ」

半兵衛の言葉を誠太郎に伝えると、庸は草履(ぞうり)を履いた。

「どうするんでぇ？」

腰高障子に手を掛けながら庸は訊いた。

「行って、お父っつぁんがどこに葬られたか訊きます。せめて遺骨をもらい受けて参ろうと思いまして。今まで一緒に暮らせなかった分、しばらくは一緒に過ごしたいと」

誠太郎の言葉を聞いて、半兵衛はオイオイと泣き出した。

その気配を感じ取ったのか、誠太郎はハッとした顔をして正面を見る。

その目に涙が浮かんでこぼれた。

「お父っつぁん、泣いている。泣いているのかい？」

「そうだよ。泣いている。嬉し泣きだ」

庸は言って障子を開け、外に出てそっと閉めた。

星空を見上げて、二、三度洟を啜って、庸は歩き出す。

「よくやったな、お庸」

横から声が聞こえ、そちらに顔を向けると赤い着物を着た童女が並んで歩いていた。

生まれる前に死んだ庸の姉、りょうである。

「なんで言ってくれなかったんだい。最初から分かっていたら面倒はなかったのに」

庸は膨れっ面をする。

「修行だ」

りょうはニッと笑った。

「修行しているのはそっちじゃねぇか。どうせなら、誠太郎に親父の姿を見せてやりなよ」

「見える人と見えない人がいる。それは変えられないんだ。神ならぬ身ではどうにも出来ないこともあるんだよ」

「言ってくれりゃあ、蝦蟇の脂に浸けた干し蚯蚓で姿を見せられたのに」

「ならば、今から瑞雲のところへ行ってもらって来るか？」

「いや――」庸は首を振った。

「老いさらばえた親父の姿を見りゃあ、哀れさが勝っちまうだろう。それよりも、誠太郎の覚えている親父の幻を相手に酒を酌み交わしたほうがいいような気がする」

「そういうことだ」

りょうはしかつめらしい顔で肯いた。

「半兵衛とはたまたま会ったのかい？」

「日本橋の袂でね。たまたま会ったから、出来ることをしてやった。僥倖ってのはそういうもんさ」

「そうだ！　そんなことより、なんで姉ちゃん外に出てる？」

「修行が終われば、もう二度と外に出られなくなるからって、時々外に出してもらってる」

「誰に？」

「ずっと上のお方だよ」

「神様かい？」

「まぁそんなもんだ」

「ふーん」と庸は肩をすくめる。

「半兵衛にとっても誠太郎にとっても、大歳のいい贈り物だったね」

「お前にとってもじゃないのかい？」

「大歳だってぇのに、最後の最後まで仕事をさせられた。贈り物なら、楽をさせて欲しかったね」

憎まれ口に返事はなかった。

庸が横を見るともう、りょうの姿はなかった。

庸はフッと笑って足を速める。
除夜の鐘にはまだ間があった。

本作品は当文庫のための書き下ろしです。

平谷美樹（ひらや・よしき）

一九六〇年、岩手県生まれ。大阪芸術大学卒。中学校の美術教師を務める傍ら創作活動に入る。

二〇〇〇年『エンデュミオンエンデュミオン』で作家としてデビュー。同年『エリ・エリ』で小松左京賞を受賞。

二〇一四年、歴史作家クラブ賞・シリーズ賞を受賞。

著書に「草紙屋薬楽堂ふしぎ始末」（だいわ文庫）シリーズのほか、「修法師百夜まじない帖」（小学館文庫）シリーズ、「貸し物屋お庸」（招き猫文庫）シリーズ、「採薬使佐平次」「江戸城 御掃除之者！」「よこやり清左衛門仕置帳」（角川文庫）シリーズ、『でんでら国 上・下』『鍬ヶ崎心中 幕末宮古湾海戦異聞』（小学館文庫）、『柳は萌ゆる』（実業之日本社文庫）、『国萌ゆる 小説 原敬』（実業之日本社）等、多数がある。

貸し物屋お庸謎解き帖
桜と長持

著者 平谷美樹

二〇二二年五月一五日第一刷発行

発行者 佐藤 靖
発行所 大和書房
東京都文京区関口一－三三－四 〒一一二－〇〇一四
電話 〇三－三二〇三－四五一一

フォーマットデザイン 鈴木成一デザイン室
本文デザイン bookwall（村山百合子）
本文印刷 信毎書籍印刷
カバー印刷 山一印刷
製本 小泉製本

ISBN978-4-479-32015-9
乱丁本・落丁本はお取り替えいたします。
http://www.daiwashobo.co.jp

だいわ文庫の好評既刊

*印は書き下ろし

*平谷美樹
草紙屋薬楽堂ふしぎ始末
「こいつは、人の仕業でございますよ……」江戸の本屋＋作家＋怪異＝ご明察！ 戯作者と版元が怪事件を解決する痛快時代小説！
680円
335-1 I

*平谷美樹
草紙屋薬楽堂ふしぎ始末
絆の煙草入れ
娘幽霊、ポルターガイスト、拐かし――江戸の本屋を舞台に戯作者＝作家が怪異を解決！粋で痛快で少々切ない大人気シリーズ第二弾！
680円
335-2 I

*平谷美樹
草紙屋薬楽堂ふしぎ始末
唐紅色の約束
悪霊退治と失せ物探しは江戸の本屋の得意技!? 戯作者＝作家の謎解きが冴える、読み心地満点の大人気時代小説、待望の第三弾！
680円
335-3 I

*平谷美樹
草紙屋薬楽堂ふしぎ始末
月下狐の舞
「見えないかい？月明かりの中の狐の舞が…」江戸の本屋を舞台に戯作者＝作家が怪異を解決！ 謎解きと人情に心躍る痛快時代小説。
680円
335-4 I

*平谷美樹
草紙屋薬楽堂ふしぎ始末
名月怪談
母の亡魂、あやかしの進物、百物語の怪異――江戸の本屋を舞台に戯作者の推理が冴える！人情と恋慕が物語を彩る人気シリーズ第五弾。
680円
335-5 I

*平谷美樹
草紙屋薬楽堂ふしぎ始末
凍月の眠り
江戸の本屋を舞台に戯作者＝作家が謎を解く！反魂の宴、丑の刻参り、雪女郎……痛快で切ない読み心地の人気シリーズ、感動の完結！
740円
335-6 I

表示価格はすべて本体価格（税別）です。本体価格は変更することがあります。